Karla Regina

Trocando em miúdos

Trocando em miúdos

Luiz Paulo Faccioli

EDITORA RECORD
RIO DE JANEIRO • SÃO PAULO

2008

CIP-BRASIL. CATALOGAÇÃO-NA-FONTE
SINDICATO NACIONAL DOS EDITORES DE LIVROS, RJ

F126t

Faccioli, Luiz Paulo, 1958-
Trocando em miúdos / Luiz Paulo Faccioli. - Rio de Janeiro : Record, 2008.

ISBN 978-85-01-08406-4

1. Conto brasileiro. I. Título.

08-3903. CDD: 869.93
CDU: 821.134.3(81)-3

Capa e projeto gráfico: Miriam Lerner
Imagem de capa: Jefferson Hayman/Corbis/LatinStock

Impresso no Brasil

ISBN 978-85-01-08406-4

PEDIDOS PELO REEMBOLSO POSTAL
Caixa Postal 23.052 - Rio de Janeiro, RJ - 20922-970

Para Cíntia Moscovich, que me ensinou
a não andar com os pés no chão

Sumário

Depois que ele chegou

Parada à porta da velha casa, tia Adelaide passava para o braço a alça da bolsa onde levava o tricô. A mão agora livre prendia o xale à altura do colo. Esticando bem o outro braço, conseguia alcançar a campainha e a tocava por um brevíssimo instante, tão breve que eu duvidava sempre que tivessem ouvido lá dentro. Para não incomodar, quase podia ouvi-la dizer, mesmo sabendo que já éramos esperados e sem nunca reclamar do pequeno malabarismo a que era obrigada por terem instalado tão alto aquele botão. Ligeiro ela se aprumava e a saia descia para cobrir de novo a barra da anágua que, na mesma brevidade do toque, ficara exposta à malícia de algum olhar escondido. Sempre na desconfiança do bom caimento da peça que ela mesma havia cortado pelos moldes de um figurino Burda, ajeitava-a com a mão certificando-se de que estava no lugar. Aproveitava então os próximos dois ou três minutos que ficaríamos plantados ali fora para uma nova revista em meu cabelo, cuja franja estava sempre a merecer um corte; em meus óculos, que deveriam estar bem posicionados para cumprirem direito sua função; em minha roupa, pois um só botão aberto já era sinal de desleixo. Tudo em ordem, pousava a mão sobre meu ombro e me fazia aproximar um pouco mais dela, no assombro orgulhoso de que eu talvez tivesse crescido alguns milímetros desde a noite anterior. Eu então podia sentir o perfume suavíssimo de alfazema, lavanda ou água-de-colônia dos sabonetes finos que ela guardava entre as roupas, tantos aromas diferentes que para mim nunca deixaram de ser inconfundíveis.

Te lembras da tia Adelaide?

Na falta dos que ela não teve, eu era um filho emprestado, companheiro inseparável para o serão de todas as noites na casa de tuas tias – que também julgava minhas porque me acostumei a tratálas assim, enquanto chamavas só pelo nome essa que era só minha, dispensando o tratamento e a senhoria.

Te lembras dos serões?

Trago bem vivo na memória o casarão de madeira, construído havia quase um século naquela esquina, tão rente à calçada que parecia invadi-la. Lembro do corredor avarandado que começava na porta da rua e ia até a da copa, por onde entravam as visitas de menor cerimônia. Bem no meio dele, a porta principal de duas folhas e vidros azuis granitados, que pouco vi ser usada. No lado oposto, o portãozinho e os três degraus que levavam ao quintal, onde o jardim abandonado à própria sorte mas sempre milagrosamente coberto de flor convivia com o pomar das goiabas verdes e dos figos negros afilados, duas variedades que nunca mais vi em nenhum outro lugar. A casa das quatro solteironas, almas castas e piedosas como as santas que inspiraram seus nomes. Tricoteiras de mão-cheia, viviam cercadas de gatos de todas as cores e tipos, seres enjeitados a quem não tiveram coragem de mandar embora e que depois retribuíam a generosidade fazendo a casa toda recender ao odor tão característico. As freguesas não raro torciam o nariz; algumas saíam de lá comentando, para quem quisesse ouvir, que as velhas faziam misérias com as agulhas mas não cuidavam lá muito bem da própria casa.

Te lembras dos gatos?

É claro que sim, moraste alguns anos com as irmãs de teu pai, que era filho temporão naquela família idosa, já não sei mais por quê. Mas talvez não lembres do susto que significava para mim cruzar à noite o corredor, as tábuas rangendo sob os pés e despertando as almas que viviam no porão, aquelas cuja existência havias certa vez me segredado. Eu tinha medo de assombração e tentava pisar ali com toda suavidade, imitando os passos silenciosos de minha tia ou da tua, a que viesse nos abrir a porta. Pois todas eram pequeninas e leves, todas cheiravam a jasmim e falavam quase em sussurro, todas andavam flutuando feito almas penadas, as únicas e verdadeiras do lugar. Eu atrás, por último, arrepiado à simples idéia de que um fantasma incomodado viesse me puxar a perna e me tragasse às profundezas.

Lembras da assombração?

Tão logo entrávamos na sala de visitas, a que chamavam de varanda, procurava em vão por ti. Ficavas escondida nas entranhas misteriosas da casa, aguardando a hora certa de aparecer. As tias esqueciam de te chamar. Eu, envergonhado, não sabia pedir o que me faltava. Sem interesse pela novela em preto-e-branco no baixo volume do televisor que ninguém se dispunha a altear, olhava esperançoso para o móvel da eletrola que me sorria sedutor a um canto. Muito mais do que gostar de música, eu era fascinado pelo funcionamento automático do aparelho, os vários discos que podiam ser postos a tocar de uma só vez e que depois iam caindo um a um em sincronia perfeita com o deslocamento do braço. Mas as tias preferiam a tevê e, nas poucas vezes em que se lembravam de ouvir música – quando, por exemplo, após a novela surgia um programa que julgavam inadequado à minha idade –, eu era impedido, com toda a delicadeza, de pôr as mãos naquela maravilha. Era tia Teresa quem se levantava e me convidava para escolher com ela algum disco. Mesmo já sabendo que o meu gosto de guri não contemplava nenhum daqueles elepês fora de moda, eu pegava logo três ou quatro, querendo pôr a tocar uma pancada, como se dizia. Tia Teresa nunca deixava: um disco de cada vez, caso contrário poderiam riscar quando baixassem. Tinha ainda de me contentar com modinhas que falavam de amor, estrelas que salpicavam o chão, luares e sertões.

Lembras da eletrola?

Enquanto não aparecias, eu agitava a insatisfação dos meus oito ou nove anos no sofá malcheiroso e mexia no sossego do gato que sempre dividia o espaço comigo. Minha tia, sentada em torno da mesa com as donas da casa, parava as agulhas no ar e me dirigia um olhar de censura, o bastante para que eu me aquietasse na hora. Acertavas tua entrada para me pegares ainda constrangido desse pito silencioso. Fingias surpresa, não sabias que já havíamos chegado, boa noite, Adelaide, como vai, pequeno Mário?, e eu ficava sem jeito e sem graça, eras moça e tão bem-educada, por certo não havias de ter levado nunca uma carraspana, nem mesmo pelo teu descarado fingimento de todas as noites. E ainda me fazias minúsculo com aquele "pequeno" que agregavas sempre ao meu nome. Sem que fosses repreendida, punhas a correr o gato e tomavas o lugar dele ao meu lado, trazendo contigo alguma coisa que eu ainda não tinha visto: um conjunto de canetas com doze cores, um caderno de capa dura onde se lia "diário", o último compacto da Rita Pavone. Eu esquecia de imediato a humilhação e espichava os olhos para a novidade, sempre mais interessante do que qualquer coisa minha.

Lembras?

É novo, esclarecias em tom de confidência ao me pegares curioso. E muito me surpreendia como a ti parecia corriqueiro ter sempre algo de novo para me impressionar, tanto que deixavas em suspenso minha curiosidade para te concentrares na tevê ou na conversa da mesa, ou mesmo puxando comigo qualquer outro assunto, para só mais tarde, bem mais tarde, num súbito refrescar de memória, atinares afinal em oferecer aquilo que de fato me interessava: quer ver? Lembro também de uma noite em que já estavas na sala quando entramos, dessa vez mal conseguindo disfarçar tua excitação. A princípio não compreendi o que acontecia. Antes mesmo do boa-noite, mostraste-o de longe. Nada havia de tão excepcional além da tua euforia: chegara naquela tarde, a capa trazia a foto do jovem cantor de cabelo comprido e cara de anjo. A novela recém começava, nada no mundo faria com que as tias a interrompessem para que ouvíssemos o novo disco. Não era preciso realmente, pois imaginei que já o tivesses tocado muitas vezes antes de eu chegar, e eu nem fazia tanta questão assim de ouvir. Quando enfim pudeste ligar a eletrola – a ti ela era franqueada –, foi minha vez de fingir que não prestava atenção.

Te lembras da música?

Eu esqueci. Creio que também tu, depois de algumas semanas em que muitas vezes te vi limpando o pequeno disco com um chumaço de algodão. Uma noite, enquanto as tias tricotavam, contaste baixinho que havias sonhado com uma festa de São João igual à que tinham feito em teu colégio certa vez, só que no sonho ela acontecia ali fora, no quintal. Gostavas de me contar histórias, talvez porque eu acreditasse em todas elas. Mas agora falavas de um sonho, intimidade que ainda não havias partilhado comigo e que de súbito te trouxe a idéia.

Quando as tias souberam, de nada adiantou elas argumentarem que não se fazia esse tipo de festa em casa, que ali não era possível uma fogueira nem bombinha nem busca-pé, muito menos foguete. Tua insistência conseguiu dobrá-las. Feito o trato de que os perigos todos se resumiriam a uma fogueirinha acanhada e o mais longe possível da casa, em nada parecida com o fogaréu de teu sonho, chamaram então alguém para limpar o quintal. As árvores foram podadas, o jardim, arrumado. Aproveitaram para tirar o inço e pôr terra nova nos canteiros.

Lembras do sonho?

Duas ou três noites eu te ajudei recortando as bandeirinhas em papel colorido e colando-as nos barbantes, enquanto te ocupavas dos balões, desses que até então só tínhamos visto nos livros infantis e imitado em nossos desenhos na escola. O local de trabalho era a mesa da copa, onde eu já te encontrava instalada. As tias seguiram tricotando na varanda como se nada houvesse, embora também elas estivessem alvoroçadas com o movimento incomum daqueles dias. Lembro do vento zunindo nas frestas e da agitação da roupa esquecida no varal que de quando em quando me assustava ao surgir de repente, esvoaçante como um espectro, no breu da janela sem gelosia. No aconchego da copa e distraída do que acontecia lá fora, seguias o passo a passo descrito numa velha revista surgida sabe-se lá de onde, e teus balões de papel de seda começavam enfim a tomar jeito.

Te lembras dos balões?

Os balões de São João que deviam ser acesos e depois soltos, levando pelo céu os pedidos ao santo. Mas os teus serviam só para enfeite, a tal revista já alertava que eles eram proibidos na cidade, e sequer conhecíamos essa tradição em nossas raras festas juninas. Na tarde anterior à grande noite, minha tia foi comigo ao casarão e me deixou lá, bem recomendado para que eu ajudasse no que fosse preciso e não importunasse as donas da casa. Duas amigas que eu nunca tinha visto corriam de um lado a outro sob teu comando, e já não havia muito a fazer. As bandeirinhas tinham sido penduradas e por enquanto resistiam ao vento, que colaborava com uma ligeira trégua. Tinham improvisado a mesa para onde mais tarde seriam trazidos os pés-de-moleque, o bolo de milho, a pipoca, o pinhão, o arroz-doce. Algumas cadeiras haviam sido seqüestradas de dentro de casa e estavam dispersas pelo pátio. Fui encarregado de buscar no porão as achas de lenha para a fogueira. Afinal isso era trabalho de homem, sentenciaste ao perceberes minha hesitação. Alma penada só aparecia de noite, eu podia ir sem medo, arremataste com um sorrisinho, enquanto eu sentia minhas bochechas pegarem fogo.

Lembras da fogueira?

Desci várias vezes ao porão, tão morto de vergonha que já nem me apavorava o escuro gelado sobre o qual se erguia a casa, abrigo mais que perfeito para os hóspedes do além. Tentei ainda recuperar minha dignidade ferida cumprindo a tarefa de forma irrepreensível. Enchia o cestinho com o máximo de peso que eu podia carregar sem correr o risco de mais um vexame e esvaziava-o no local onde o fogo seria aceso, tentando construir uma pilha que teimava em se desmantelar a cada novo acréscimo. Vai ficar ótimo!, ironizou uma de tuas amigas. Talvez no ano que vem..., emendou a outra. Não é preciso tanto capricho, pequeno Mário, assim já está bom, foi como me acudiste. Porém não pude mais evitar que meus olhos se enchessem. Nesse dia me apequenava como nunca aquele odioso acessório que punhas mais uma vez em meu nome.

Te lembras do pequeno Mário?

Naquela noite não houve serão, ainda assim fomos os primeiros a chegar. Eu, devidamente paramentado como exigia a ocasião: camisa xadrez, remendos pregados nas calças, chapéu de palha. O bigode e as sardas foram pintados por minha tia com lápis de sobrancelhas. Te encontramos também a rigor, de vestido de chita, flor no cabelo e ansiosa com a demora dos outros convidados, entre eles os guris que iriam armar a fogueira. Deixamos as tias assistindo ao noticioso e fomos admirar o quintal. Lembro da noite clara e muito fria, da lua cheia pairando sobre as bandeirinhas que tinham todas adquirido o mesmo tom pardacento, dos balões também estranhamente descorados que pareciam loucos para sair voando, ou talvez fosse apenas minha imaginação. O certo é que faltava o brilho do fogo para trazer de volta as cores e o ar de festa: sem fogo e sem gente, a decoração para a qual tínhamos nos esmerado era desgraciosa, quase triste. Sentamos nos degraus do avarandado, encolhidos sob o peso dos agasalhos que não faziam parte das fantasias e achando graça de nossos hálitos fumacentos. Ficou bonito, falaste de repente, contrariando um pouco minha percepção naquela hora. Foi bem assim que eu sonhei, pequeno Mário. Não gosto do pequeno Mário, retruquei sem pensar, embora tivesse demorado a dizer o que eu sempre pensava. Me olhaste, confusa por um instante e logo divertida. Então, como se fosse a coisa mais natural do mundo, me sapecaste um beijo. Breve, miúdo, mas ainda um beijo. Nem era na boca, mas foi meu primeiro.

Lembras?

É novo, por pouco não te ouço dizer, mais aturdido que curioso e à espera de uma palavra que fosse para esclarecer sabia eu lá o quê. E antes que o inusitado gesto se tornasse algo tão banal para ti como qualquer outra novidade, teus amigos finalmente começaram a chegar. Não demorou nada, o fogo já estava aceso e a garotada acomodava-se em torno dele, fazendo troça das roupas caipiras que todos vestiam. Alguém havia trazido um toca-discos portátil e meio fanhoso. O quentão fervia no fogareiro a gás, espalhando no ar o cheiro doce das especiarias. Exceto pelo frio, nada mais lembrava o desolado cenário de antes. Ainda assim eu me sentia agora pouco à vontade no meio daquele grupo adolescente que a mim parecia gente grande.

Te lembras da festa?

Lembro que as tias vieram dar fé mas logo escapuliram de volta para o calor da casa. Um ou outro gato vinha rápido espiar e batia sonolento em retirada. Como ninguém conseguia ficar longe do fogo, tua festa acabou antes do que imaginavas. No dia seguinte quase nada havia ali para lembrar a véspera, só os restos da fogueira e a arrumação do quintal, que ainda se manteve em ordem por algum tempo até cair de novo no esquecimento. Seguias me provocando com tuas novidades, tuas improváveis histórias, e o episódio do beijo parecia nunca ter acontecido, exceto pelo detalhe de que depois dele o "pequeno" sumira para sempre da frente do meu nome. Agora me contavas teus planos, era o último ano do ginásio, no próximo entrarias para o clássico ou o científico, tinhas de decidir. Quanta coisa pretendias ser, a cada dia uma diferente. Pelo que te decidiste, afinal? Uma vez perguntaste o que eu pensava para meu futuro, eu que ainda não via um futuro, por que haveria de ver? Eu era tão criança e continuava a olhar boquiaberto para tudo o que me mostravas, tudo era sempre surpresa desde o momento em que chegavas na varanda, boa noite, Adelaide, como vai, Mário?, eras moça e tão bem-educada, ruivinha, sardas enferrujando a tez muito clara, olhinhos curiosos que nunca perdiam nada, nem mesmo o que eu não queria jamais que eles notassem. Eu não havia pensado no futuro até começares a falar do teu, e de repente eu também já estava sonhando com um.

Te lembras do futuro da gente?

Acabei esquecendo. Quais eram nossos planos, me diz. Numa outra noite igual a tantas, a novela decerto já havia começado no preto-e-branco de sempre, eu já devia ter me inquietado no sofá e sofrido a reprimenda silenciosa de todas as noites, talvez nem tivesse mais me importado, não lembro. Não havias ainda aparecido quando a campainha tocou sem a discrição à qual eu me acostumara. Visita para ti, uma das tias foi nervosa te chamar, enquanto o rapaz era acomodado numa poltrona. Não o conhecia, ele não estava na festa. Te apressaste em aparecer, ou me confundiu o tempo que faltou para eu me acostumar à inesperada intromissão. Não sabia se ele era teu colega, talvez fosse um pouco mais velho, não tinha vindo estudar. Talvez tenhas ficado tão surpresa quanto eu, e com certeza mais alegre. Durou pouco a conversa na frente das tias. Logo saíste com ele, querias mostrar o quintal, o cenário da festa outra vez, só que dessa vez não fui convidado. As tias não pararam de cochichar o tempo em que ficaste lá fora. Não demorou muito, voltaste sozinha e corada, cruzaste a varanda, te recolheste de novo a algum canto misterioso da casa. Nenhuma palavra, nenhum boa-noite, sequer um "pequeno Mário", que nem me incomodaria ouvir naquela hora.

Te lembras dele?

Não me contaste quem era, nem foi preciso. Algo me disse que nada mais seria igual dali em diante. Mais tarde, já a caminho de casa, minha tia pôs a mão no meu ombro, me fez aproximar dela e quis saber por que eu estava assim tão quieto, parecia triste. Não respondi, nem eu sabia ao certo o que estava sentindo. De repente, a única certeza era o perfume inconfundível de alfazema, lavanda ou água-de-colônia que vinha dela e que fazia agora meu peito apertar, apertar, até que não mais resisti. Abracei-a pela cintura e tentei esconder o rosto na roupa cortada por ela mesma, que nunca antes me parecera tão cheirosa e macia de tocar.

Mar e lua

Nasceram no mesmo ano. Os pais eram amigos, moravam na mesma quadra. Brincaram juntas, iam juntas ao colégio, ficaram mocinhas com diferença de dias. Às vezes também dormiam abraçadinhas. Coisa de adolescente, desculpavam as mães, um pouco desconfiadas de tanto grude.

Acabaram se apaixonando.

O amor tão urgente delas durou bem mais do que se previa. Anos depois, os pais se acostumaram.

Um belo dia elas resolveram casar e casaram. Com diferença de dias.

Um dia depois de outro dia

Elas sempre me vêem passar, eu nunca me detive em nenhuma. Trago-as nos olhos sem contudo vê-las, espelhadas nas minhas retinas qual letreiros luminosos que ali dentro não têm outro sentido além de ser pontos de luz e cores imprecisas. Difícil dizer o que me chamou a atenção para aquela vitrine em especial. Talvez – existem coisas que um homem não gosta de confessar –, talvez, ao pôr sem querer os olhos na solitária figura, eu tenha adivinhado nela uma certa languidez. A solidão pode fazer um par de coxas de plástico parecer algo dolorosamente sensual. Talvez fosse o caso. Avaliava as formas postiças, resplandecentes à luz do refletor, quando percebi uma outra imagem sobrepondo-se a elas. Por um segundo pensei que se tratava de algum efeito decorativo, falso como a sensualidade da manequim, mas logo descobri que ela não passava do reflexo de alguém postado em carne e osso na calçada, às minhas costas. Resisti à tentação de me virar e fingi interesse pelas duas ou três peças de roupa expostas no luxuoso cenário, enquanto ia estudando no vidro os traços da aparição. As pernas eram altas, mal protegidas pelo exíguo pedaço de pano que arremedava uma saia. A blusa deixava todo o ventre à mostra e a jaqueta, quase no mesmo comprimento, não era agasalho para o frio que já começava a apertar àquela hora. Na precariedade do reflexo, as feições se diluíam a ponto de eu não distinguir nelas qualquer idade.

Quando enfim decidi voltar à caminhada, quis olhá-la de frente. Ela era tudo e também nada do que eu havia imaginado. Num óbvio contraste com a nobreza da vizinhança, parecia muito à vontade naquela calçada. Outra igual a tantas. Era também miúda, muito jovem, pernas descarnadas que pouco ou nada contribuíam a qualquer fantasia mais polpuda. Fumava e me observava com uma expressão mista de curiosidade e cansaço.

Tratei de disfarçar e segui adiante.

Nada restava de um encontro tão rápido e fortuito. Rigorosamente nada. Como um velho pesadelo, porém, a imagem se instalou na minha cabeça e não consegui mais me livrar dela. A novidade agora eram as vitrines. A todo momento passei a ter a sensação de que o reflexo me espreitava de uma delas e desaparecia sempre quando eu tentava surpreendê-lo, uma brincadeira de esconde-esconde sem a menor graça.

Na noite seguinte e por várias outras, mudei o trajeto. Aquele pedaço de rua sempre fizera parte do meu passeio noturno diário, sem que eu tivesse alguma vez percebido a vitrine ou ela. Agora não era mais possível ignorá-las. Só havia uma solução – isso eu já sabia, embora com um certo fastio –, e desviar apenas me deu por um tempo a falsa impressão de que a mente em algum momento também se encarregaria de fazer o mesmo.

Fracassada a tentativa, resolvi enfrentá-las e refiz numa noite o antigo itinerário. Ao encontrar novamente a rua, procurei-a em vão. A ausência poderia muito bem significar um alívio, mas – eu não entendia por quê – ela agora me frustrava. Procurei a vitrine: já haviam mudado a decoração e também o manequim. Dei de ombros.

Assim como ela, muitas estão nas ruas. Algumas vão se tornando mais afoitas à medida que a noite avança, atacando sem cerimônia quem lhes cruza a frente. São como praga. Quanto maior a insistência, tanto maior meu desprezo. Mas ela sequer havia tentado. E, se houvesse, receberia em troca minha repulsa. Depois, tivesse ela insistido, mereceria um castigo. Depois... talvez eu até já tivesse me esquecido dela, ou ela nem chegasse a se tornar uma lembrança a ser perdida um dia.

Retomei assim o trajeto habitual. Após algumas noites, dei de novo com ela no mesmo endereço em que a vira da última vez. Diminuí instintivamente o passo ao me aproximar. Era ainda mais miudinha do que eu julgara, mais frágil, o cigarro sempre aceso, o olhar parado já sem o brilho da curiosidade e exibindo agora apenas cansaço. A galeria fechada, em cuja grade ela se apoiava, fazia aumentar a impressão de abandono. Seria tão fácil, tão limpo, quem sabe um pouco menos rápido dessa vez, vingança pelo tempo todo que ela me tomara sem eu querer. Não, decididamente eu não queria ter pensado nela como pensei. E, no entanto, agora que a oportunidade surgia, algo inteiramente novo me intimidava.

Com olhos que pareciam não ver, ela me reconheceu.

Até aquele momento, tudo acontecera em silêncio. É óbvio que não havia ninguém a quem eu pudesse confidenciar minha aventura, e, mesmo que houvesse, não iria comentá-la. Há sempre coisas que um homem evita contar. Tampouco ela teria como imaginar a assiduidade com que visitara meus pensamentos desde quando nos cruzamos pela primeira vez.

Não sei qual dos dois ficou mais surpreso com minha iniciativa:

O que você tem?, perguntei, e a voz saiu numa inflexão íntima o bastante para me trair.

Me viro, retrucou, olhando-me de um jeito enviesado que ainda pretendia ser sedutor mas redundava patético.

Você está doente?

Me viro, repetiu, e percebi nela uma ponta de irritação, talvez por eu não ter correspondido logo a seus artifícios ordinários.

Apesar de inédita, minha decisão foi rápida:

Vou levar você.

Não quero, ela disse, mas esse foi seu único protesto. Jogou fora o toco de cigarro e se deixou guiar sem qualquer outra reação.

Seguimos em silêncio por algum tempo, ela agarrada em meu braço, eu muito pouco à vontade naquele novo e inusitado papel, e só então me dei conta de que não havia pensado ainda no que fazer. Ela se adiantou, como se adivinhasse o que me passava pela cabeça:

Me leve pra casa.

Onde você mora?

Pra sua casa.

Nunca jamais tinha levado esse tipo de gente ao meu apartamento, e a idéia de pronto me perturbou. Mas logo concluí que não havia mesmo outra coisa a fazer e minha estranha preocupação talvez fosse apenas um laivo humanitário. Afinal, nunca fui um desapiedado. Chamaria um médico, providenciaria o que fosse preciso e depois a devolveria à rua e ao esquecimento.

Talvez em outra noite, se a encontrasse de novo, tudo pudesse ser diferente.

Não foi difícil alcançar o prédio. O porteiro disfarçou o espanto sem dispensar o boa-noite, abrindo impassível a porta do elevador. Respondi com altivez:

Quando o médico chegar, faça-o subir.

Ele acedeu com a cabeça.

Não quero médico, disse ela baixinho, soprando no meu rosto um hálito ruim de bebida e cigarro. Só então descobri que era ainda mais jovem do que eu julgara e que a doença talvez não passasse de um mero pileque. Elas vivem todas se embriagando. Já estava arrependido mas não quis discutir na frente do porteiro nem dar logo o braço a torcer. Esperei entrar em casa e abri em silêncio a agenda de telefones. Quando ela percebeu o que eu fazia, desatou num choro ruidoso. Espremida no canto do sofá, entre um soluço e outro, gaguejou que precisava apenas dormir um pouco.

E voltar para a rua, emendei.

É meu trabalho.

Você é tão jovem..., e eu me estranhava dizendo aquilo.

Se fosse velha, aí é que não dava.

Detesto choro de vagabunda. O dela, exagerado, fingido, já começava a me exasperar. Se fosse na rua, eu não teria resistido.

Vou fazer um café, eu disse, tentando de outro jeito pôr fim àquele teatro.

Quero um uísque..., ela cortou, ainda fungando mas com o olhar subitamente atento às garrafas do bar improvisado na cristaleira.

Você enlouqueceu!

Vem cá.

O que é isso?

Vem..., gemeu, e de repente ela ocupava todo o sofá, as pernas meio afastadas, o olhar atrevido, de volta a figura maiúscula que eu adivinhara na vitrine. De repente me senti bêbado, a cabeça rodava, o estômago agitava-se em engulhos. Tremia ao abrir a garrafa, a lucidez já perdida quando servi duas generosas doses, estendendo a ela um dos copos.

Era eu quem de fato precisava de um gole.

Faz muito tempo?, perguntou.

Faz muito tempo o quê?, ouvia minha própria voz tremer.

Que você...

Não quero um programa.

Faz o preço.

Não quero.

Quer sim.

Olhei para a garota. Quantos anos teria? Quinze, dezesseis? Ela me espreitava numa lascívia bem crescida, enquanto as feições seguiam descaradamente denunciando sua verdadeira idade.

Vem cá, pediu mais uma vez, e eu então me aproximei um pouco, um quase nada, mas ainda o suficiente para que ela conseguisse me tocar onde queria.

Quantos anos você tem?, perguntei, quase ofegante.

Dezoito.

Não acredito.

Treze.

Suspirei fundo.

A idade que você quiser...

Não quero!

Quer sim, repetiu baixinho, e foi arregalando os olhos num fingimento de surpresa.

Você gosta de mim?

Três dias e já não havia mais cigarro, bebida, pintura barata. Também já se acalmara minha gula. Não tínhamos saído uma única vez: fora suficiente o que havia na despensa. Chegou a ser divertido improvisar uns pratos extravagantes e levá-los para comer na cama. O mimo de roupas novas e de um perfume decente viera por encomenda de uma loja da redondeza. E era mais do que um simples agrado de marido novo. Minha ausência no escritório fora avisada num telefonema rápido que nada explicava. Ela não precisara avisar ninguém. Três dias de banhos demorados, louça suja se acumulando na pia, faxineira dispensada à porta, com a diária paga em dobro para que tampouco a ela fosse necessária qualquer explicação – e eu não seria capaz de encontrar alguma. Quanto mais eu pensava, menos acreditava no que acontecia.

Se antes era preciso a todo custo apagar a imagem da vitrine, agora uma outra vinha me atormentar. Treze, quinze, dezesseis, o que importava? Não sou um pervertido, mas era uma criança quem se deixara conduzir docilmente pela minha fantasia e pendurara suas peças de baixo na intimidade do meu banheiro. O que me seduzira nela eu continuava sem saber, vendo agora aquele corpo tão pobre de carne e substância que pouco a pouco ia perdendo sua recém-nascida sensualidade. Tivesse acabado na primeira noite, talvez não passasse de uma fraqueza que me faria baixar a cabeça por uns dias e desviar para sempre da maldita calçada. Mas eu quis que ela ficasse. Tratei em seguida de corrigir o que nela me agredia e agora tinha de conviver com sua insolente meninice, pois quanto mais limpo ia ficando seu corpo e seu jeito, tanto mais criança ela se revelava.

Aconchegada em meu peito, tinha voltado a cabeça à procura de meus olhos. E me fazia a pergunta com a ingenuidade que um adulto, por bobo e apaixonado que estivesse, jamais conseguiria imitar.

E me espreitava com olhinhos a princípio divertidos, depois curiosos, por fim confusos com minha demora em responder.

Lentamente se desvencilhou do meu abraço. A aflição dessa espera parecia ser o primeiro grande problema que ela enfrentava na vida, o que por certo não seria verdade. Em mim também já começava a pesar aquele silêncio, mas não havia como resolvê-lo. Pelo menos, não naquela hora em que tudo estava prestes a se acomodar de volta na minha cabeça.

Ela repetiu a pergunta, e cheguei a perceber na voz um fiapo de esperança de que eu não a tivesse ouvido na primeira vez:

Você gosta de mim?

Minha mudez já tinha durado demais para que eu tentasse ainda uma mentira. De certa forma ela compreendeu o que acontecia, e muito mais rápido do que eu poderia ter previsto.

Você não me quer mais?

Não é assim.

E é como, então?

Eu não sabia o que responder mas não precisei dizer nada. A vadia ressurgiu como por encanto e agora tomava as rédeas, com a mesma e odiosa desenvoltura de três dias atrás. Pulou da cama, abriu o guarda-roupa, não demorou nada e já punha a saia, a blusa, a jaqueta, a mesma vulgaridade que ela vestia quando a vi pela primeira vez e da qual eu imaginava que tivesse já se livrado.

Não havia jeito, ela continuava igual a todas.

Aonde você pensa que vai?, perguntei, sem conseguir controlar o volume da voz que o ódio fazia crescer.

Era a vez dela silenciar.

Para a rua você não volta!, gritei.

E a frase, embora reduzisse a pó os últimos dias, era apenas uma frase, inútil, sem nenhum outro efeito além de carregar minha ira.

Antes de bater a porta, ela me olhou uma vez mais e disparou, com toda a astúcia, me pondo louco:

Quando quiser de novo um programa, sabe onde me encontrar.

Elas sempre me vêem passar, inúteis, confusas, refletindo o avesso dos letreiros ou as sombras da rua que os faróis brincam de multiplicar. Talvez ela tenha hoje quinze ou dezessete, o que isso importa? Segue exposta e não me vê. Ou finge que não me vê. Às vezes ri alto, frouxa, eu então me encolho na direção do mais escuro. Sai de braço com o primeiro que pára. Sempre. Some por aí, desaparece por um tempo no enorme vão que é a cidade, volta bêbada, solta, imunda. Joga fora o cigarro, suspira fundo, se ajeita. O próximo talvez não demore, talvez nem venha. Eu espero. Tem sido assim nos últimos dois anos. Tantas vezes tenho ensaiado, para acabar sempre desistindo. Noutras, esqueço o que é preciso fazer e até mesmo o revólver que passou a andar comigo.

Não hoje, não mais.

Há coisas que um homem não pode tolerar.

Os clarões espocam na galeria, tão rápido que eu mal consigo acostumar os olhos para enxergar o que não quero. É difícil mirar. A vitrine me ajuda ou atrapalha, depende de como se vê. Nada escuto, é quase automático, o vidro se estilhaça, os pedacinhos caem perplexos à minha frente, crepitantes, um silêncio de morte vai cobrindo a noite e até o silvo do alarme custa um pouco a soar. Suspensa a vida nesse pequeno instante, vejo-a agora refletida na multidão de cacos entornados no chão, multiplicada infinitas vezes, menores e mais agudas, como se estivesse em meus olhos, ferindo minhas retinas, e um desespero súbito me dá ganas de sair catando os cacos um a um, ainda sem compreender que nunca mais será possível arrumá-los de volta outra vez.

Suburbano coração I

A dona liga a vitrola, se abanca na janela, e a rua se enternece. "O amor vai pôr os pés no conjugado coração", geme o velho disco, e todos já sabem que o amor não vem.

É hoje, Guilhermina?, debocha a amiga ao passar.

Talvez, ela diz, e revira os olhinhos sonhadores.

A vizinhança inteira vem dar fé.

É hoje, é hoje, fazem torcida, ao vê-la assim em suspiros e toda feliz.

É hoje, é hoje, pensa Guilhermina, que já não tem vergonha de se tocar e goza ali mesmo, na frente de todo mundo.

Suburbano coração II

Um brinco!

Se a amiga estivesse ali agora, exclamaria assim mesmo: um brinco! E talvez reforçasse a aprovação beliscando sugestivamente o lóbulo da própria orelha. Ou estalando os lábios contra a ponta dos dedos num beijo que não aliviaria na dona da casa a aflição de duvidar que estivesse tudo realmente a contento. O meticuloso arranjo de móveis, enfeites, folhagens regadas com zelo refletia-se no espelho do parquê encerado à mão, cujo lustro era constantemente avivado com a ajuda dos panos de lã sobre os quais ela deslizava pelo quarto-e-sala, imitando um desajeitado número de patinação. Usava esse e outros pequenos macetes para manter a casa sempre impecável. Mas a expectativa adolescente, imprópria de quem já quase triplicara na idade os anos daquela época remota, além da ansiedade trazia junto um entusiasmo a ser partilhado, por isso a lembrança da amiga era hoje mais viva e até ligeiramente emocionada. Pena que morasse tão longe. De resto, nem mais lembrava de quando havia sido a última visita – dela ou qualquer outra.

A amiga sempre fora muito acomodada. E tinha agora marido e casa com que se ocupar. Não se dispusesse ela a enfrentar de ônibus o trajeto de hora e meia até o outro lado da cidade para onde a amiga se mudara depois de casada, não teriam mais se encontrado. Tampouco se importava com o fato de que sempre partisse dela a iniciativa, e a cada dois ou três sábados, não estando muito frio ou muito quente ou chovendo muito, levantava-se bem cedo, corria ao salão para ser a primeira a fazer unhas e cabelo, voltava correndo para ter tempo de alisar com o ferro a vapor um dos muitos vestidos do atopetado guarda-roupa e logo depois do almoço punha-se a caminho, sacolejando uma expressão radiante e interessada nas cenas sempre repetidas da vida suburbana que a janela do ônibus projetava para ela como se fosse um filme de aventura. Na cozinha do pequeno chalé, sempre recendendo levemente a fritura e água sanitária, as duas passavam a tarde a tricotar novidades e confidências enquanto bebiam chá-da-índia e saboreavam os biscoitos de polvilho fresquinhos que ela trazia da melhor padaria do bairro, pois achava uma indelicadeza chegar de visita de mãos abanando. Delicado coração.

Não havendo o compromisso no sábado, era a contragosto que ela adiantava um pouco do que seria a tarefa inescapável de todo domingo: a faxina semanal, impossível na escassez do tempo livre e da disposição que lhe sobrava após um dia de trabalho. Enquanto a cidade descansava, punha-se então nervosa a espanar prateleiras e bibelôs, a bater tapetes e capachos, a arrumar armários e arejar guardados, a tirar com uma velha escovinha de dentes o mofo que ameaçava encardir as juntas dos azulejos de seu banheiro. Não gostava de transferir para sábado essa rotina, nem mesmo parte dela. Sábado era sempre agitado, quase um dia útil. Ainda que não tivesse nada a fazer na rua, era bom ouvir o burburinho das pessoas andando lá fora. Mas a quietude no domingo tornava-se às vezes insuportável. O jeito era recebê-lo com vassouras, esfregões e saponáceos, mãos em luvas de borracha, touca de banho e avental. Só no fim da tarde ela despia a indumentária e demorava preguiçosa em sua toalete. Depois, a roupa de sair, a dose de vermute, o disco preferido rodando lânguido no três-em-um. Já seria noite quando levantasse a persiana e se abancasse à janela com uns olhos sonhadores, flertando em pensamento com o homem que viria logo bater em sua porta.

Um brinco!

A dona sorriu ao imaginar aquela voz esganiçada ecoando no vazio do apartamento. Queria tanto que a amiga estivesse ali agora. Hoje não fora visitá-la. Aliás, era sábado, mas parecia não ser. Talvez fosse feriado e ela andasse ocupada demais para notar esse detalhe no calendário. Mas não, não era feriado, a rua repetia a agitação de todos os sábados, só a tornava imperceptível essa outra que ali dentro fazia pulsar mais rápido um coração desacostumado a sobressaltos. Poucas situações a deixavam naquele estado. Como quando na repartição um chefe novo, no afã de mostrar serviço, tentava apurá-la: ela se atrapalhava, errava, tinha de refazer o já feito, acabava atrasando tudo.

E lá isso era hora de pensar em trabalho?

Tratou de desviar a lembrança e olhou demoradamente em redor. Tinha de admitir: a casa estava bonita. Tudo perfeito, se a visita esperada fosse a amiga vindo para o chá da tarde.

O coração deu um pulo.

Com toda a certeza, o amor não era de apreciar chá ou de reparar detalhes em crochê, muito menos na antigüidade do lustre de família. Aquela casa de senhora solteira talvez pudesse até mesmo constrangê-lo.

Ainda não o conhecia muito bem. Havia dois meses ela voltava da amiga e ele viajara a seu lado. Um homem viril e tosco, barba por fazer, cabelos desgrenhados. Vestia uma calça justa, camisa de mangas arregaçadas e peito à mostra, sapatos de falso couro e uma vistosa fivela no cinto. Pedira licença, sentara-se quieto. Um operário que havia recém largado o serviço, tomado uma ducha, e agora voltava para casa levando sobre as pernas a pequena mochila e, dentro dela, a marmita vazia. Com o canto do olho ela notara o maltrato das mãos, o desalinho da roupa. E também os olhos muito azuis dominando o rosto anguloso que coroava com traços duros a solidez de um corpo jovem feito de músculos moldados à força bruta. O amor era esse conjunto selvagem e belo que lhe dava medo. Ela se encolhera instintivamente contra a janela tentando se distrair com o que corria lá fora, enquanto um cheiro de colônia, forte e másculo, teimava em chamar sua atenção para o lado oposto. Até que sentira algo roçando sua coxa. Voltara-se assustada, mas logo compreendera que ele havia apenas adormecido e pendia o corpo relaxado em sua direção. Sem coragem de acordá-lo, deixara que ele se achegasse, enquanto sentia crescer uma pressão áspera e quente contra a perna seminua protegida só pela meia de náilon, o calor do outro invadindo seu corpo, queimando a pele, fazendo retesar os músculos. Logo não lembrava mais de como o medo se desfizera e tão facilmente passara a aceitar aquele contato obsceno. Voltada outra vez para a janela, olhava sem enxergar o que acontecia na rua para tampouco ter de assistir ao que deixava acontecer ali dentro. Muito lentamente ela se mexera no assento; agora a coxa dele estava toda colada à sua, a imaginação seguindo o que havia por trás da aspereza da calça, pêlos, músculos, medidas. Sentia-se pegar fogo, líquidos inesperados querendo extravasar, ardores de menina-moça, que já contava domados, reacendendo a cada novo solavanco do veículo. O amor dormira esparramado, ela nada pudera evitar. E agora avançava por fantasias bem menos ingênuas do que aquelas suspiradas na janela num fim de domingo. Voltara-se ainda uma vez para o companheiro de banco e o coração quase parara ao perceber que agora ele estava de novo desperto olhando curioso para ela. O primeiro impulso fora o de sair correndo, e teria feito isso mesmo se o amor não a tivesse encurralado contra a janela do ônibus em movimento, longe ainda de sua parada. Ou talvez até já a tivesse deixado para trás, tão desnorteada ficara em seu devaneio e ainda mais agora, como protagonista daquele episódio. De onde menos esperava viera a ajuda. Ele entendera e contornara o embaraço dela afastando rápido a perna e se desculpando por tê-la assustado. Pronto. Simples assim. Assumira um deslize que não lhe pertencia para que ela pudesse levar intacta a dignidade quando descesse na parada seguinte, não importava onde fosse, bambas as pernas, acelerado o coração.

Passara a semana distraída. Que má impressão o amor levara com ele, meu Deus! Tinha de evitar aquele horário a qualquer custo quando voltasse da casa da amiga e torcer para que os dois nunca mais se reencontrassem. Com o passar do tempo ele acabaria esquecendo. Nela, contudo, parecia que isso jamais iria suceder. Como livrar-se do ardor que se reacendera depois de tanto tempo serenado? Como deixar de pensar no homem que a fizera perder o juízo com um simples roçar de coxas? Com a vulgaridade do cheiro cuja lembrança continuava a nauseá-la ao mesmo tempo que a impelia a farejá-lo em todos os homens com os quais cruzava? Andava sonhando indecências, envergonhada com elas, e sem conseguir evitá-las. Não, definitivamente não desejava mais evitá-las. Para quê? A vergonha estava de novo bem trancada dentro dela e ninguém a surpreenderia de novo se apenas cuidasse de mantê-la no lugar de onde nunca deveria ter saído. Talvez fosse preciso um pouco mais do que evitar o ônibus e a hora: deixaria de visitar a amiga por algum tempo, faria de táxi aquela parte do percurso, iria no domingo. Qualquer coisa para não correr o risco de enfrentá-lo. E longe poderia continuar pensando nele à vontade, que assim ninguém, além dela mesma, teria nada a ver com isso.

No sábado seguinte, no horário de sempre, ela viajava outra vez no mesmo ônibus. Tinha provocado a desconfiança da amiga não só com o inesperado da visita, mas também com a inquietação que lhe afogueava o rosto e não lhe permitia deixar em paz ora uma inexistente rebeldia do cabelo, ora um vinco invisível na saia. Tampouco dar sossego à lentidão das horas no relógio de pulso. E, ainda por cima, fazendo segredo de suas razões.

Mas o amor não tomara o ônibus naquele dia. Fora aparecer só na outra semana, pouco depois de ela ter deixado a amiga ainda mais apreensiva, agora já encafifada que o próprio marido pudesse ser o motivo daquela estranha assiduidade. O amor obviamente a reconhecera e viera sentar de novo a seu lado. Como por milagre, tudo se repetia nos detalhes, olhos, barba, cheiro, roupa. Tudo exatamente igual ao que ela havia reprisado em sonho tantas vezes. Ele só trocara o pedido de licença por um boa-tarde menos taciturno. E ela demorara na resposta tentando achar a voz sumida, em perplexa alegria. Seguro do que lhe cabia como varão, ele conduzira a estratégia de tão delicado jogo com recuos e avanços de precisão milimétrica, transcendendo os sentidos para enxergar o invisível, ouvir o não dito, dizer sem abrir a boca. Assim a viagem terminara e nada haviam combinado, mas ela descera do ônibus com a certeza de que se encontrariam de novo na semana seguinte.

O amor sabia como tratar uma mulher.

A dona, sempre tão ciosa da casa e da vida que nunca se atrevera a pôr ninguém dentro de uma ou de outra, agora entrava sem vacilar num território misterioso. No sábado ela finalmente se abrira com a única amiga e as duas suspiraram – juntas, mas cada qual por seu motivo. Depois, na viagem de volta, o amor reaparecera com uma camisa diferente e tentara pegar sua mão. Ela se esquivara, recuperando o pudor e já livre do susto. Acabara cedendo só na semana seguinte. Mais três sábados eles viajaram de mãos dadas, as dele muito mais acidentadas e afoitas do que ela havia imaginado. Eram dois adolescentes prendendo o namoro dentro de um ônibus, ela com medo de extraviá-lo, ele ansioso para levá-lo dali. E quando ele arriscara falar enfim dessa urgência, recebera incrédulo o endereço e o guardara de cor.

Ela agora não sabia como receber a visita. Sem traquejo no assunto, tinha apenas a intuição a lhe dizer que o amor precisava encontrar um certo desarranjo, de todo ausente no perfeito equilíbrio da casa. Correu a desarrumar um pouco a sala mexendo na simetria dos enfeites, deixando com displicência umas revistas no sofá, pondo sobre o tapete as almofadas. Será que assim o amor se sentiria em casa? Quisesse talvez sentar no chão? Não imaginava que fosse tão difícil dar à desordem a harmonia do aconchego. Quem sabe ele acendesse o cigarro, mas onde um cinzeiro? Temendo que ele deixasse cair a brasa em seu tapete, quebrou uma louça antiga na afobação de encontrar na cristaleira uma peça que servisse. A dona tão cuidadosa esteve a ponto de chorar pelo descuido. Guardou rápido os cacos pensando em colá-los mais tarde, também as lágrimas, e já era tempo de se aprontar. No quarto sonhava com o amor que viria pôr os pés no conjugado, a aflição crescendo enquanto conferia o esmalte das unhas, retocava o cabelo, corava os lábios de um encarnado que nunca ousara antes para em seguida limpá-lo, preferindo uma cor mais sensata. Verteu uma gota de perfume no dedo e o levou atrás de uma orelha e de outra; mais uma num dos pulsos, friccionando-os suavemente; e ainda uma última, que lhe provocou um arrepio ao deslizar o dedo úmido entre os seios. O vestido aguardava paciente sobre a colcha, mas agora já não estava mais segura e fez balançar os cabides à procura de outro, acabando por ficar com o primeiro.

Vestiu-se numa excitação de noiva e mirou-se no espelho.

Perfeito!

Outra vez lastimou a falta da amiga e da voz cuja estridência aumentava na proporção de seu entusiasmo. Assim mesmo ela estridularia: per-fei-to!, destacando cada uma das sílabas. E brilharia os olhinhos de admiração e também de inveja. Não, talvez de inveja não mais. Agora que já estava casada, isso não faria o menor sentido. Entretanto, houvera época em que desconfiara de que a amiga vinha disputando com ela os mesmos pretendentes: bastava que olhasse com um mínimo de interesse para alguém, e logo a outra aparecia abraçada com o sujeito. Isso acontecera quando eram bem mais jovens e vizinhas de rua. Mas hoje, marido em casa e fazendo alarde da felicidade que era sua vida, que motivos ainda poderia ter para invejá-la? Águas passadas. Talvez tivesse atribuído à amiga a culpa pela própria incompetência de arranjar um namorado. Queria muito que ela estivesse ali naquele momento e, mesmo não sendo o melhor exemplo de sinceridade, ouvir sua desafinada aprovação. Como era complicado decidir certas coisas.

De volta à sala, enroscou a persiana, deixou o vidro semi-aberto, aceso apenas o abajur. Pôs a tocar um disco e contemplou assustada o ambiente. O que o amor não iria pensar? Pouco ela havia mexido no que agora parecia uma outra casa, assim rearrumada e demasiado acolhedora para que também inspirasse decência. Pior ainda foi imaginar o que as línguas iriam dizer. A música, a meia-luz, as vozes, nada que a janela do apartamento térreo não escancarasse àquela vizinhança sempre ávida de bisbilhotar e passar adiante um comentário maldoso. Qual seria dessa vez? Que a dona tinha afinal uma visita, mas que nunca iria casar?

Teve tempo só de acender o lustre e a campainha soou.

Ele entrou meio alterado ou foi só impressão? Sem nenhum constrangimento, avaliou-a de cima a baixo com um calor que traía mais uma vez sua premência, enquanto nela fazia gelar até os ossos. Que homem ele era! Decerto não haveria de ter vindo ali por falta de outro programa. Chegou já tentando abraçá-la, ela escapuliu ligeira e fez de longe um vago gesto encabulado oferecendo a casa. Dele foi o atino de bater a porta, e ela já ansiava trêmula quando ele se acercou uma segunda vez enlaçando-a pela cintura, um hálito pesado de cerveja perseguindo o bafejo doce e ardido da pastilha de hortelã com a qual ela perfumara a boca. Seria possível que ele a amasse com paixão? Avançava de um jeito rude e decidido que confundia o raciocínio dela, embora nesse caso a razão não lhe fizesse a menor diferença. Chegou ainda a pensar que fizera bem de ter providenciado cerveja e se entregou à voracidade do beijo dele. Não sabia como agir, então deixou que ele agisse. Mas logo começou a responder, e logo correspondia com igual sofreguidão, e logo passou a devolver com unhas bem tratadas as marcas que o maltrato dele desenhava em sua pele, dor e desejo misturando-se numa azáfama desconhecida e que agora ela queria conhecer. Paravam uma fração de instante e logo recomeçavam, sem que se olhassem ou dissessem palavra, que uma só bastaria para corromper a frágil loucura daquela entrega. Quando os lábios enfim se apartaram, ela voltou a si. Empurrou-o sem muita convicção e tentou enrubescida se recompor, sem querer de fato que ele se afastasse ou muito menos ter de volta a compostura, atrapalhado coração.

Ele deu um passo atrás e a trégua de que ela talvez necessitasse. Foi sentar no sofá enquanto ela disfarçava querendo saber se a música era do agrado, e aceitou a cerveja que ela serviu desajeitada enchendo o copo de espuma. Quis companhia para beber, ela buscou outro copo. Estalou os lábios com gosto enquanto ela suportava o amargor da bebida para não desapontá-lo. Quando por fim ele a chamou, ela ainda lembrou de fechar a janela, apagar o lustre, aumentar a música, indo ao encontro dele já sem temer o que estaria à sua espera, pronta para outro beijo, querendo um outro beijo, e depois outro e outro e tantos outros quanto ele quisesse, fora longo demais o tempo até aí perdido.

Ele não controlou o ímpeto ao puxá-la, e logo ela sentia o corpo sendo explorado numa disposição meio embrutecida que lhe enxovalhava o vestido, borrava o batom, desfazia o penteado e o capricho todo que usara ao se arrumar. Mas isso não mais importava. Logo os beijos ficaram pequenos para suportar o arroubo, eles foram virando no sofá, o sofá virou cama, e a sala assistiu atordoada à confusão de roupas que ele se encarregava de despir aos trancos, a nudez dele revelando o exato vigor que a roupa mal escondia, a dela, uma opulência que nunca ninguém havia suposto. Nem mesmo ele, que a percorria num ânimo crescente, ela entregue mas ainda contida, o pudor tolhendo ousadias, e dele outra vez a iniciativa, agora a de tirá-la da passividade para exigir afagos. Rápido ela teve de se acostumar ao que havia pouco não passava de intuição, e também vergonha daquelas imundices que antes só existiam dentro dela e só para agredi-la. Sujeitava-se mansa ao que sempre se empenhara em esconder guiada agora pelo desejo dele, enquanto descobria ser esse no fundo o sempre insuportável desejo dela.

O amor estava com pressa ou só foi impressão?

Ele não mais resistiu e quis provar de uma vez o que pressentia desde quando tocara a ingenuidade dela já desconfiado de ser o primeiro. Ela então recuou, não querendo mais que ele avançasse. O homem viril e tosco não contava com a recusa nem sabia como lidar com isso. Talvez o álcool tenha desinibido um pouco seu apetite, talvez a reação não tenha sido assim tão firme. Ele a dominou fácil como a uma criança, quem sabe imaginando que ela fingia a tentativa de escapar de sua investida. Sabia de fato como tratar uma mulher.

Ela não gritou, apertou os olhos gemendo baixinho, nunca mais aquele instante, nunca de volta a donzelice rasgada num golpe único e seco, nunca outra vez o sangue estancado no movimento cada vez mais ligeiro, cada vez mais fundo, as lágrimas levando o que ainda restava da pintura suave do rosto, o gozo que foi só dele, o suspiro doído na hora em que ele também saía dela. Ele arfava exangue e maravilhado, contemplando sem perceber a travessura do tempo, que punha uma dor tão moça naquele corpo maduro.

Quando enfim ela abriu os olhos, ele ressonava mal acomodado, quase a cair do sofá. O álcool talvez tivesse provocado o sono. Recolheu-o murcho na proteção de seu abraço e ficou acordada perdendo a noção do tempo. A música havia muito já silenciara, o burburinho de sábado foi minguando na rua, um resto de cerveja esquentava no fundo de uma garrafa. De repente ele acordou e num segundo punha-se de pé. Catou a roupa, vestiu-se apressado, precisava ir embora ou perdia a condução. Ela se cobriu como pôde, olhou desorientada para a bagunça da sala e para o amor que já estava de saída, assim tão cedo. Que má impressão não levaria, santo Deus!

Veio até ela para um último beijo, que saiu duro como ele.

Até sábado, ele disse antes de bater a porta.

A dona suspirou, e faltava pouco para um sorriso. Já não cabia tanta cerimônia, desavergonhado coração.

Biscate

É mole, meu? Dureza. Quando vi o telegrama grudado na porta da geladeira, me preparei logo pra má notícia. Telegrama na periferia, de duas, uma: ou é aviso de morte ou felicitação de casamento. Ninguém aqui tinha falado em casar, só podia ser mesmo coisa ruim. Cheguei a pensar que talvez fosse engano. Qual o quê: o nome tava lá, meio escondido atrás da janelinha do envelope, mas era o meu, não tinha dúvida. Bonito o nome da gente escrito assim com letra de computador ou coisa parecida, sei lá de onde sai aquilo. Tinha tomado umas cervejas e pendurado a despesa no boteco da praia que me vende fiado e onde a turma se encontra todo fim de tarde, não sei como aquele negócio ainda não quebrou. Ela já tava dormindo, pelada e cheirosa como eu imaginava encontrar, e sem ter mexido na minha correspondência. Gostei de ver o respeito. O pateta aqui ficou plantado no meio da sala, papelucho na mão, tentando adivinhar qual era a porcaria dessa vez. Por que não abria logo? O vacilo só podia ser culpa da cerveja, e eu nem tinha bebido tanto assim. Aí resolvi deixar de frescura e encarei no tranco o dito-cujo. Rasguei o envelope, tirei o bicho lá de dentro, e a palavra bateu direto no meu olho: "inadimplente". É mole, meu? Na hora não consegui raciocinar direito, mas vi de cara que morte não era. Quem sabe algum prêmio de loteria. Fiquei sonhando com aquela maravilha. Adeus mate na praia: botava a grana num quiosque e não vendia fiado, pra ninguém me passar a perna. Sou bobo? O lucro ia acabar gastando com ela. A folgada sempre me exigiu o sustento. E nem quer saber se eu vivo de biscate ou se tenho o nome sujo na praça. Dureza. A ficha só caiu no outro dia. Era sábado, e quando acordei ela já tinha sumido, decerto rebolando o traseiro enrolada naquele troço colorido – como é mesmo o nome daquilo? –, pose de grã-fina, óculos de camelô. A moça não brinca em serviço, não, mas disso eu não me queixo. Gosto de mulher bem tratada. Se eu ganhar algum vendendo mate, de repente sou capaz de trazer pra ela mais uns badulaques. O armazém, a gente pendura. Lembrei: é pareô. Com isso é que ela anda, enquanto eu sigo na maldita inadimplência.

Vivo de biscate, ela vive na gandaia. E ainda tem o topete de me falar em respeito. Respeito? Quem merece o tal respeito sou eu, que ralo pra pagar as contas e também o luxo dela. E sempre querendo mais. Um belo dia me pede grana pra sair com duas amigas. Eu tava liso, o que ela queria que eu fizesse?

Adora um rabo-de-saia, o malandro, mas eu até acho graça. Dá tanto na vista que não consegue enganar ninguém. E depois, na hora de dormir, é comigo que ele deita. Finjo que não me importo se ele se atrasa e vem pra cama fedendo a cerveja. Chamo pro samba até quando a vontade é de ficar

Não é que a danada pegou o tíquete que eu tinha arrumado pro pão e leite do outro dia e foi tomar conhaque, na maior caradura? Aí fechou o tempo, não teve jeito. Só não bati porque não bato em mulher, mas que deu vontade, deu. Xinguei feio. Depois, aquele silêncio. Se eu fosse um cara de sorte e tivesse futebol na tevê naquela hora, ia poder assistir na maior tranqüilidade. Mas não tinha, e eu continuava fulo da vida. Durou pouco: ela, como sempre, mais uma vez me ganha no papo. Beicinho aqui, no sossego. E ele todo prosa, pensando que me faz favor. É só botar o pé no pagode e o mulherio se alvoroça. Então levo ele pra benzer contra mau-olhado e mandinga de dona, tem sempre alguém querendo atrapalhar. Me agradece dizendo que eu gasto demais. Na sexta-feira lanhei a perna depilando com gilete pra economizar na cera quente. Fiquei lisinha pra ele passar a mão e pensar sem-vergonhice: chegou de madrugada e não viu. Ontem, aquele auê. O que será que deu no trololó acolá, quando vi já tava de novo enrabichado. A história acabou onde sempre acaba uma boa briga. Naquele dia eu tava bem na foto, a vadia sabe mexer comigo. Quando faz cara de choro, aí mesmo que não resisto. Ontem, me sacaneia de novo. É mole, meu? Tinha que ter ficado em casa, segurando a barra aqui do meu lado. Se mandaram o raio do telegrama, a coisa tava mesmo preta. Mas nem esperou eu acordar e saiu de fininho. Quando voltou, o que esperava que eu dissesse? desgraçado? Fui pegar uma cor na praia, também sou filha de Deus. No fim das contas era pra ele mesmo, que diz que se amarra em mulher bronzeada. Só faltou o danado me bater. Reclama que eu rebolo demais e baba quando me vê sambar. Vá entender a criatura. Depois do chilique, foi devagar amansando, amansando, e no fim ele já nem sabia por que tinha começado o bate-boca. Fiquei um pouco ofendida, claro, o que é que ele tava pensando? Depois foi chegando, se encostando,

Vem cá, meu bem. Tava boa a praia? Te divertiu, amor? É claro que dei esporro. Aí se ofendeu. Dureza. Não sei que santo me baixou, só sei que gostei de ver ela braba. Aquilo sim era novidade. Os olhos chispando de raiva, a pele queimadinha de sol, cheiro de mar e bronzeador. Logo pensei porcaria, e ela então fez doce. Pra cima de mim! Dizia que não queria, querendo: manja? Não foi à força porque não sou de violência, não. Bastou um pouco de atitude e logo tava tudo bem. Foi ali na sala se esfregando, e quando fungou no meu pescoço, já me derretia toda. Que ódio me deu! Ele cheirava a sal e queria assunto. Eu, quase sem força, disse baixinho que não tava a fim. Mas aí ele já sabia que não era verdade.

Nunca falou em casamento, nem eu pensei que tinha marido. Sei fazer os agrados e a comida que ele gosta. Lelê de fubá, pitu no dendê, e sai até vatapá, se me trouxer o material. Dá mesmo. O segundo tempo rolou na cama. E ela querendo mais. Gostou da lua-de-mel. Hoje, Flamengo e River Plate. Queria que ela me desse uma folga, pelo menos na hora do jogo.

Não sossegou o pito, e acabei tendo que dar um chega-pra-lá antes do jogo. Agora tá aí, trombuda outra vez. E, pra variar, o Mengão perdeu. Três a zero. É mole, meu? Onde é que este país vai parar? Por aqui a barra

gosto de ver a alegria do comilão. Arrumo a casa quando ele tá fora pra que não vá me confundindo com uma do-lar, e posso até servir um pitéu na cama se ele não tá numa boa, que às vezes reina pra comer, eu é que sei. Mas se toca o telefone e a voz é de dona, o artista fica bom na hora e ainda é capaz de se pentear pra atender. Casamento? De papel passado? Malandro querendo casar: me engana que eu gosto. Quer é limpar a barra comigo. De minha parte, não preciso nem quero saber de também pesou. É louca por cinema e tá sempre enchendo o saco pra gente ir. Nunca vou. Hoje, só pra tirar a temperatura, pergunto se ela tá a fim. Nem me responde. Me faço de desentendido e pergunto o que é que há, assim, na maior categoria. Mulher adora um papo sério, mas ela segue muda, o beiço batendo no chão. A coisa já tá ficando chata. Pra acabar de uma vez com a cara feia, tento a última cartada: se a brabeza é comigo, que me desculpe os maus modos, fiquei nervoso com casamento. O papel, dispenso. Também a festa e o vestido. Agora, é bonita a bênção na igreja. O que Deus une o homem não separa. Fico toda arrepiada só de pensar nessas coisas.

Primeiro me destrata, depois me convida pro cinema. É ruim, hein? Pensava ainda que eu ia cair nesse lero-lero de telegrama, de estado nervoso. Como não dei pelota, começou a fazer promessa: que a gente ia se mudar daqui, que ia me levar pra Bahia, o telegrama. Pronto, assunto resolvido. Não há tromba de mulher que resista mais de dois minutos a um pedido de desculpas, e o meu teve até justificativa. Ela me olha furiosa e não quer ceder. Dureza, meu. E agora o que é que faz um inadimplente?

que a gente ia junto ver o sol nascer. Baby pra lá, dengo pra cá, puxou até casamento pra ver se me convencia. Chega de tanto barraco, de tanto piti. E fala agora em casar na igreja.

[Será que a coisa é séria desta vez?]

Mil perdões

Formavam um casal aberto, quando ainda nem se falava nisso. Cada um podia ir com quem quisesse, desde que não contasse nunca para o outro, esse era o trato. Mas quando um aparecia com cara de cão sem dono, o outro já sabia o que tinha acontecido. Ela esquecia logo. Ele somava pelos dois. Trinta anos levou computando, até chegar a mil. Só então concluíram que aquilo estava indo longe demais.

Separaram.

Há quem tenha previsto desde o início que aquele casamento não ia mesmo dar certo.

À FRANCESA

Logo, logo amanhece. Difícil acreditar que seja mesmo incorruptível a mecânica precisa das horas quando ainda há pouco a noite recém começava, tão quente como agora chega ao fim. Lento, o ventilador do teto agita um ar pesado que pouco suaviza o mormaço. A lâmpada de cabeceira, voltada contra a parede, irradia uma luz fraca e não menos abafadiça. Até os lençóis parecem reter os ardores que foram revolvidos sobre eles. Mas a ele o calor não perturba, nem o suor que poreja extasiado e ainda faz brilhar no semi-escuro do quarto sua tez de chocolate. Ele tem o trópico no sangue e na pele, o avesso de meu ânimo boreal e de minha cor de louça. Ressona macio. Deitado sobre o braço forte – agora excepcionalmente frouxo sob o peso dos músculos, que outra coisa não há nesse corpo –, as pernas quase dobradas, os joelhos unidos à frente, ele me dá as costas com a confiança de quem freqüenta minha cama há bem mais do que essas poucas horas. Ou talvez muitas, não sei, pois esta noite o tempo teve uma passagem singular.

Já é madrugada.

Inclino a cabeça em direção à dele, e o agridoce de seu cheiro assim tão perto me nauseia. Lembra um perfume de cachaça misturado a suor, embora comigo ele só tenha provado o espumante que ofereci ainda na sala e não por acaso. Que sei eu de cachaça? Logo me surpreendo ao descobrir que não me desagrada esse cheiro. Tão másculo. Não, melhor: tão macho. Falo baixinho, não quero que ele ouça nem que acorde, mas tenho de dizer:

Acorda.

Ele estremece de leve e prefere o sono. Continuo sem saber como isso vai acabar. Será que ele desperta querendo logo ir embora? Será que me toca outra vez com o viço de antes? Vendo-o assim tão mole e desarmado, não consigo imaginar uma coisa nem outra. Esse que gemeu de loucura dançando entre meus braços agora mal disfarça um gemido de torpor. Também não é ele o rapaz que veio de bons modos e olhos baixos, enquanto eu o encarava com altivez e atrevimento. Que vacilou ao acercar-se envergonhado, enquanto eu insinuava só desvergonha. E que por fim me puxou esbaforido, quando não mais resistiu à falta de eu oferecer qualquer resistência. Ele não mentiu o tempo todo em que eu só mentia. Depois, um jogo parelho. Nossas peles tão diferentes não tiveram como formar um corpo único, mas o desejo era o mesmo, já não havia como fingir. Olho para ele com ternura pela primeira vez. Ainda há pouco eu teria imaginado qualquer coisa menos a placidez que ele experimenta, uma placidez de saciedade, em nada igual àquela em que eu vivia antes de começar esta noite. Ou talvez tenha existido até eu conhecer o homem que dorme agora ao meu lado. Não. Ela acabou de fato quando pus os pés neste país, lá se vão três anos, ou talvez tenha sido ainda antes, quando ouvi a sentença que havia tempo me rondava sem nunca ser dita e que desde então passou a viver comigo feito uma pele de dentro, uma roupa de baixo pedindo para ser trocada:

Fria.

Não foi assim que meu marido falou. Ele jamais se atreveria a uma rudeza, sempre tão elegante. Francês, como eu. Frio e branco, assim como eu. Diplomata. Mas foi exatamente isso o que eu ouvi no dia em que apareceu exultando, ao seu modo contido, com o cargo no Brasil, promoção que significava um grande avanço na carreira. Ele então já não sabia que eu detestava o calor? Mesmo na Europa eu preferia sempre o inverno ou o outono, e a simples perspectiva do verão já me punha angustiada. Ainda assim fui cautelosa ao perguntar se era essa a única opção. Afinal, neste mundo enorme, a mim parecia impossível que tal oportunidade só existisse em outro hemisfério. E num lugar onde o verão seria eterno. Ele não sorriu nem se irritou, talvez tenha pretendido ser apenas jocoso, mas foi sarcasmo o que conseguiu ao insinuar que a frieza eu poderia trazer comigo e quem sabe no trópico eu finalmente me livrasse dela.

Ele não falou desse jeito, mas foi assim que eu escutei.

É estranho pensar naquele homem justo quando este ao meu lado começa a ressonar mais solto.

O calor que o embala e amolece me arde e sufoca desde o dia em que cheguei aqui. Mais estranho ainda é descobrir que a volúpia dele faz com que, pela primeira vez, o calor se torne algo suportável para mim. Toco de leve seu dorso quente, meus dedos tateiam a pele firme e muito lisa, trespassa-me um arrepio de mais quentura, eu que não sabia que isso era possível:

Acorda.

Mas ele não obedece, nem quero que obedeça.

Queria poder adivinhar o que ele sonha. O que ele pensa e não diz. A gente deste lugar ri e mente demais, chora e morre demais. Será que ele também? Será que mente quando me fala de amor? Mal chegou e já se sente à vontade para dizer que me ama. Mata-me de rir. O que sabe ele do amor? Decerto até bem mais do que eu. Se antes eu soubesse o pouco que talvez ele já saiba, não teria cruzado o oceano a reboque de quem inventou minha frieza. Nem estaria agora com outro homem.

Como posso duvidar do que ele sente?

Antes dele eu só conhecia um homem e nada mais conhecia. Não que me faltasse um outro, faltava apenas aquele do qual me encantara o ar de aristocrata, o olhar seguro. Um homem culto, de fala mansa, eu adorava ouvi-lo, qualquer assunto, ele dominava todos. No começo chegou a haver entusiasmo, um breve período, para depois ir encolhendo, encolhendo, até ficar sob medida ao feitio dele. Não se interessava por sexo – ou por mim, já não sei mais –, e foi com ele que aprendi. Não era ruim enquanto eu achava que era assim mesmo. Jamais teria pensado outra coisa não fosse aquela insinuação de que era doença, e que era só minha.

No Brasil ele mudou. Enquanto eu tratava de manter a cor e o ânimo que embarcaram comigo, ele foi aos poucos cedendo à languidez do lugar. Não sei de onde vem o poder luxuriante deste país. Talvez seja mesmo o calor, que faz gingar corpos seminus, belos, coloridos, e os deixa malemolentes, lascivos até quando se aquietam. Ou quem sabe o vaivém salgado e voluptuoso do mar, que refresca e também atiça. Ele hoje vai à praia, se despe, toma sol. Caminha bronzeado na areia e volta recendendo a maresia. Um homem bonito, sendo ele francês ou querendo ser brasileiro.

E sei que ele agora se deita em outra cama.

Meu mulato suspira mole, mole e não se mexe. Num misto de curiosidade e sede, minha mão continua presa ao corpo dele. Falo uma vez mais, ainda sem querer que ele me escute:

Acorda.

Logo logo amanhece, a noite acaba, ele vai embora. Meu marido chega, me encontra diferente: ficamos outra vez parecidos. Quem me enfeitiçou? O mar, a maré, o barco abandonado no meio da enseada cuja solidão há dias acompanho e me faz companhia neste fim de mundo? Não queria ter vindo a este lugar, mas ele decidiu que aqui passaríamos nossas férias. Eu já contava nas horas e minutos os dias que faltavam para a viagem de todo ano à França, sempre em pleno verão brasileiro e no mais rigoroso do frio europeu. Pelo menos quanto a isso ele vinha respeitando minha vontade. Desta vez o consulado enfrentava algum contratempo, talvez fosse preciso retornar ao Rio a qualquer instante. Fingi que acreditava, e uma vez por semana ele finge que é chamado, passa fora o dia e a noite, volta bem cedo na manhã seguinte. Nisso ele não mudou, continua metódico e previsível. Até na mentira.

Na capital, sobrevive-se ao calor com um pouco mais de conforto. Ninguém consegue manter a civilidade longe do ar-refrigerado. Aqui não há hotel. Chamam de pousada o rústico agregado de cabanas onde nos hospedamos, pagando caro pela precariedade daquilo que querem que seja uma imitação do paraíso. Não sei como pude aceitar. Devia ter viajado sozinha ao meu país e certamente ele teria apoiado a decisão. Mas não quis dar a ele o prazer de sentir-se livre ao me ver pelas costas. No fundo, bem no fundo, soterrada sob o peso de todas as evidências em contrário, restava sempre a esperança de tudo se ajeitar de volta ao que era no começo, quando o perfume que ele usava ainda me causava desconcerto. Eau D'Orange Vert. Naquele tempo eu não sabia o que significava a frieza. E depois desta noite fica difícil entender como foi possível que ela tenha me assombrado todos esses anos.

Suspira outra vez. Na lassidão em que se encontra, mal lembra agora o rapaz sorridente e prestativo que atende os hóspedes na praia, arma guarda-sóis e barracas, providencia espreguiçadeiras e bebidas. Descalço, correndo na areia, ele se multiplica em dois, três, e nunca se cansa. Agora desaba. No dia em que chegamos e fomos conhecer o lugar, percebi a surpresa dele quando me enxergou. É provável que tenha sido minha cor. A pousada foi construída a poucos metros da praia; o acesso é uma curta alameda que termina no quiosque, onde fica o bar. Havia pouca gente. Meu marido saiu logo a caminhar, eu fiquei à sombra acompanhando o jovem em seu trabalho e também permitindo que ele me olhasse. O marrom do corpo musculoso e bem-feito contrastava com a roupa justa e clara. Dentes muito brancos iluminavam o rosto de traços fortes cada vez que ele abria o sorriso. Antes dele eu nunca havia admirado um corpo negro. E tampouco olhei muitas vezes para ele, embora tenha gostado de sentir que era observada, mesmo que fosse apenas curiosidade.

A partir daquele dia, vinha ligeiro oferecer cadeira, guarda-sol, refrigerante. Conheço de longe esse tipo de gentileza forçada. A dele parecia sincera e por isso mesmo carregava uma ousadia talvez imperceptível aos outros, ainda que a mim não fosse.

Tratei sempre de recusá-la com rispidez, mas ele não se abalava. Quando lembro disso, não acredito que ele possa estar onde o vejo agora, quase a gemer de preguiça.

Onde foi parar teu sol, tua brasa?

Logo logo amanhece, e meu marido sai de onde estiver para vir ao meu encontro. Sei a hora exata que ele vai abrir a porta. Age como se nada houvesse. Fingiu não ter ouvido minha resposta cheia de sarcasmo quando anunciou que era chamado ao Rio, uma semana depois de termos chegado. Ele, sempre elegante e tão seguro de si. Minha reação, contudo, era nova e não deixava dúvida alguma da desconfiança que me machucava. Ao fazer-se desentendido, ele sem querer confirmava o que havia muito eu já sabia. Antes de partir na manhã seguinte, mereceu ouvir que eu talvez aproveitasse a ausência dele para resolver um antigo problema. Afinal, não era o que ele mesmo havia sugerido: no trópico, quem sabe? Eu blefava, é claro, falando sem refletir num momento de raiva. Ele se limitou a dar de ombros e fechou a porta sem fazer ruído, como de costume. Voltou sem dizer nada, sem perguntar nada, e eu também não quis mais saber de coisa nenhuma. Nem lhe contei que eu não havia deixado o quarto durante o tempo todo em que ficara sozinha.

Já é madrugada.

Minha mão segue explorando o corpo dele, agora mais íntima e desabusada. Meus seios enrijecem ao encontrar de novo o calor de seu dorso, sinto que também seu peito espevita-se à avidez de meus dedos, também seu ventre, seu sexo. Contenho com um suspiro o desejo de mordê-lo, falo num sussurro:

Acorda.

Mas não quero que ele acorde.

Onde foi parar a frieza?

Na semana seguinte meu marido fez tudo igual, foi ao Rio e voltou repetindo a desculpa, os horários, o cinismo. Bastava um telefonema para desmascará-lo, mas nem era preciso. A novidade brilhava em seus olhos e tresandava no cheiro esquisito que ele trazia de viagem. Dessa vez não fiz ironia ou ameaça: mesmo se fosse verdadeira minha intenção, ele jamais a levaria a sério. A certeza dele me exasperava; o fato é que eu não me sentia capaz de cumprir ameaça alguma nem jamais cogitei fazê-lo. Se houve algum propósito no meu desabafo foi o de minar sua inabalável autoconfiança, na qual eu estava incluída contra a vontade. Não sou boa atriz, não saberia viver um personagem que não fosse eu mesma, ainda assim decidi que ele não me pegaria de novo trancada neste quarto à sua espera.

Mas fazer o que neste lugar?

Da cabana avista-se a enseada e o barco solitário que se tornou meu companheiro. Naquele dia fiquei um longo tempo a contemplá-lo, querendo talvez que a solidão dele me servisse de consolo. Só no final da tarde fui até a praia. Já não havia ninguém exceto meu rapaz, que recolhia os apetrechos usados pelos hóspedes. Veio logo saber se eu desejava alguma coisa. Naquele momento éramos só os dois, eu poderia pedir o que fosse, ele fora o único a me notar neste fim de mundo, a me tocar com olhos vivos de interesse, ainda que apenas curioso, ainda que de outro mundo tão diferente do meu, mas era bonito e viril e jovem e atrevido, não havia ninguém por perto e venceria sempre minha verdade, caso ele ousasse cometer alguma indiscrição. Tudo passou muito rápido pela minha cabeça. Num impulso, respondi que sim: queria champanhe. Ele arregalou os olhos para logo se desculpar, ali não serviam champanhe. Saiu do susto dizendo que poderia, contudo, providenciar para o dia seguinte. Esqueci de que se tratava do empregado gentil tentando agradar mais uma vez e vi nisso um gesto cavalheiro.

Não, eu não me incomodava de esperar.

Dei meia-volta e me afastei um pouco depressa demais. Não era possível que eu quisesse fugir deste moleque em cuja pele minha pele agora gruda, minha mão laboriosa agindo como se eu não a comandasse, como se eu não tivesse qualquer vontade, o corpo dele deixando aos poucos o torpor e reagindo à gula de meus dedos com um arrepio de prazer. Mesmo adormecido, já começa de novo a se aprumar. Logo logo ele acorda, me procura, me toca outra vez. Não importa que o dia já esteja claro, não importa nenhum horário a cumprir, ele vai acreditar se eu disser que meu marido não volta cedo, que hoje vai ser diferente.

E é certo que hoje será diferente.

Há uma semana, ele me encontrou outra vez sozinha, remoendo a decisão frustrada de que nunca mais me encontraria desse jeito. Agiu de novo como se nada houvesse: o beijo na testa, o cheiro asqueroso, a pergunta de como eu havia passado em sua ausência. Depois fomos juntos até a praia. Tão logo ele se afastou para o eterno passeio de todos os dias, o rapaz veio avisar que já havia feito a encomenda. Não compreendi logo do que se tratava; ao atinar enfim também percebi que ele havia preferido trazer a notícia quando meu marido não estivesse por perto. Tínhamos então um segredo. Perguntei, só por não ter outra coisa a perguntar, qual era a marca da bebida que ele encomendara. Ele encabulou, não sabia dizer. Mesmo assim agradeci, recomendando que deixasse a garrafa no gelo, pronta para quando eu a pedisse. Respondeu abrindo um de seus belos sorrisos, foi bom eu ter alertado, ele não entendia muito bem dessas coisas.

Lembrei dessa inocência ontem no fim da tarde quando voltei ao quiosque e pedi que ele me trouxesse finalmente a garrafa que havia dias estava à minha espera. À noite, depois do jantar, se não fosse problema. De novo ele arregalou uns olhos incrédulos. Nos últimos dias, várias vezes nossos olhos se encontraram, e pouco a pouco eu ia deixando de desviar tão rapidamente os meus. No íntimo continuava me batendo um leve pavor de ser flagrada, um suave e gostoso estremecimento que me fazia querer sempre um pouco mais, enquanto mentia a mim mesma que tudo não passava de uma brincadeira que eu poderia abandonar quando quisesse. Era só o que me restava a fazer neste lugar, mas eu agora tremia. Ele, ainda no mesmo espanto, perguntou se meu marido não tinha viajado.

Isso era problema?

Não esperei a resposta. Dei-lhe as costas já arrependida de ter ido ali. Naquele momento eu não adivinhava do quanto ainda seria capaz. Mentiria que era aquela a bebida, ao vê-lo à minha porta na hora marcada trazendo um espumante mal assemelhado à champanhe francesa que eu imaginara. E convidaria um jovem subitamente sem jeito a provar uma taça. Queria a companhia dele por uns minutos, nem que fosse apenas para eu ter algo do que pudesse no íntimo me vangloriar, e pensar nisso quando meu marido perguntasse de novo se eu havia passado bem na ausência dele. Muito bem, eu diria, e dessa vez a verdade não estaria tão longe. Tropeçando na língua que ainda não conheço bem, insisti para que ele me deixasse apenas retribuir sua gentileza. Olhou em volta, assegurando-se de que não havia ninguém por perto, hesitou ainda um instante e por fim entrou. Estava tão pouco à vontade que não foi difícil eu me sentir no domínio da situação. Pedi que ele abrisse a garrafa enquanto eu providenciava uns toscos cálices de vinho e um balde de gelo achado aqui por milagre.

Depois do primeiro gole já não havia nada a falar. Era um estranho que entrara em minha casa, acostumado a servir, não a merecer agrados, e imaginei que ele devia estar se perguntando por que de fato eu o trouxera até aqui. Quando enfim tirou os olhos do chão, pondo-os, não sei se tímido ou descarado, no encalço dos meus, senti que me fugia a súbita firmeza dos últimos minutos. Deixei que ele me olhasse, que se acercasse sorrateiro, ainda incrédulo mas já não acanhado. Quando ele me tocou, fechei os olhos para não ver chegar o que eu desejava desde o começo.

Já amanheceu.

Logo logo meu marido abre a porta, atravessa a pequena sala, entra no quarto. Como será que vai reagir? Será que mantém o sangue-frio, a fidalguia? Ele ainda não acredita que eu seja capaz. Sempre foi tão senhor de si e da minha vontade. Tivesse admitido alguma vez uma fraqueza, talvez pudesse ter sido tudo diferente. Como criança eu o teria acolhido e consolado. E tantas vezes quantas quisesse ele viria molhar meu colo, eu diria tudo bem e perdoaria. Só descubro isso agora, depois desta noite que não vi passar e quando sobra este desejo tão fundo de humilhá-lo.

Acorda.

Meu mulato se assanha, se espreguiça, mas não acorda. Ele tem o trópico no sangue e na pele, o mesmo ardor que enfeitiçou meu sangue, atiçou minha pele, me roubou nesta noite a noção das horas. Sonhos e mentiras sei de longe e de cor, e em algum momento ele disse que me amava. Vendo-o assim tão entregue, eu já quase acredito.

Que me importa a hora. Tanto faz se ele daqui a pouco nos encontra, ou a mim sozinha outra vez: um estranho perfume de suor e cachaça empesta agora os lençóis, gruda viscoso em minha pele, por dentro e por fora de meu corpo. Um carro talvez se aproxime, talvez seja dele o barulho suave na entrada.

Digo baixinho, não quero que ele ouça:

Acorda.

Tantas palavras

Para Laís Chaffe

Ela crispava as mãos aflitas, olhos grudados na pequena tela, o filme que já nem era novidade e eu apenas espiava de quando em quando, sem sequer usar os fones de ouvido. Seus lábios dublavam silenciosos uma cena de despedida, com uma paixão que me fez invejar o protagonista daquela história açucarada na tela minúscula da poltrona do avião que me trazia de volta ao Brasil. Apenas o corredor e um assento vazio nos separavam. Mesmo assim, fiquei um bom tempo a observá-la sem que ela me percebesse. Até que me descobriu de repente e estacou. Tentei com os olhos dizer-lhe que relaxasse, não prestasse atenção à atenção que eu lhe prestava. Só isso, mas nem isso consegui. Voltou ligeiro para o filme, o rosto agora impassível diante das palavras de amor que o casal seguia desperdiçando.

Que filme era aquele?

Depois que a pequena emudecera o movimento dos lábios, a tela ficou menor, e a ficção, ainda mais sem graça. Virei a cabeça, fechei os olhos. Não queria me interessar outra vez por um rosto jovem para em seguida descobrir os graves segredos que a delicadeza sempre mascara. Quais seriam dessa vez? Dormir, porém, foi impossível. De olhos fechados, acompanhava-a crispar as mãozinhas, mirar furtiva em minha direção, os lábios retomando pouco a pouco a mímica interrompida, primeiro uma ou outra palavra, depois uma frase solta, depois outra, por fim a completude de uma fala, até se esquecer totalmente que eu continuava ali, concentrada de novo naquele filme enjoativo.

Não sei quanto tempo passei fingindo que me distraía dela – cinco minutos, uma hora –, mas, na minha certeza, o bastante para que ela se distraísse de mim. Então voltei a cabeça, devagar e sem ainda abrir os olhos, e esperei mais um pouco antes de abri-los, não desejava surpreendê-la outra vez. A surpresa foi minha ao flagrar dois olhos que me fitavam atrevidos, e já não era mais a olhadela disfarçada que eu imaginava enquanto fingia o sono.

Antes que ela escapasse de novo, ouvi-a silenciosa murmurar:

Give me a kiss, darling.

Um quase imperceptível mexer dos lábios, mudo, que escutei bem articulado e sonoro, me fazia destinatário daquelas palavras ocas que eu conhecia só por ouvir falar.

Give me a kiss, pareceu repetir, enquanto desviava o rosto sem muita pressa.

Senti um estranho impulso de responder *play it again, and again, and again*, e meu silêncio ecoou sem resposta no silêncio dela que, ao contrário de mim, não era ainda capaz de escutar o que eu não dizia.

Aquelas palavras...

Naquele momento, naquele vôo que me trazia de volta ao meu país depois de tanto tempo lá fora, quando tudo o que eu poderia sonhar cabia na janela de um táxi de vidros abertos rodando rumo ao Leblon via Flamengo, depois Leme, depois Copacabana, depois

Ipanema, no primeiro dos muitos dias de calor que eu teria dali por diante para exorcizar o inverno inesgotável em que estivera metido, aquelas palavras não ditas, numa língua da qual eu fugia por detestar tão profundamente, levavam-me a seguir um outro caminho.

Corriam os créditos finais quando me inclinei para ela e fiz um comentário qualquer sobre o filme. Falei sem a menor convicção e mereci como resposta um olhar de desapontamento. Por um instante fiquei sem saber o que dizer, mas logo ela se encolheu num risinho de vergonha, e essa foi a senha para que eu me sentasse a seu lado. Embora não parecesse, era tão brasileira quanto eu. E, assim como eu, viajava só e a trabalho.

Desembarquei no Galeão com um número de telefone rabiscado às pressas na palma da mão numa caligrafia infantil – quem sabe um cinema qualquer dia? Mas o que eu pensava ser apenas um capricho gracioso escondia a fragilidade que só depois iria desvendar: fora coadjuvante involuntário de uma cena já vista, roubada de algum daqueles filmes ingênuos que ela devorava. E que, assim como outros muitos, não sei dizer qual era.

Tanto eu ansiara por ter de volta o que mais me fizera falta: o sol, a praia, o chope no fim de tarde. A maravilha de andar entre corpos exuberantes em forma e cor e de poder viver sozinho sem nunca estar de fato só.

Fora o Rio, e nada mais, o que me fizera voltar.

Entretanto, um outro pensamento insistia agora em atrapalhar todos esses sonhos trazidos comigo do exílio.

Uma voz de criança atendeu quando, no terceiro dia, decidi enfim telefonar. O filme escolhido a esmo na programação do jornal começava dali a pouco mais de uma hora. Ela perguntou qual era o cinema e demorou menos que um instante para se decidir: me encontraria lá. Tentei ainda me desculpar por ter ligado assim, de forma tão intempestiva. Ela cortou, forçando uma entonação mais grave:

Frankly, my dear, I don't give a damn...

Mais uma vez não reconheci de imediato aquelas palavras que me soaram, ao mesmo tempo, deslocadas e familiares. Agora, pelo menos, tive certeza de que não vinham da minha imaginação. Ela aprendera a frase em algum lugar e achou bonito repeti-la, uma brincadeira que a fazia parecer menos adulta do que de fato era. E a mim, um tolo que se deixava seduzir por tão pouco.

Ou então eu já não conhecia o desfecho da história?

Tamanha certeza não resistiu ao momento em que ela apareceu, um minuto antes de começar a sessão. Aí já não era a menina que repetia palavras esquisitas e me deixava incomodado com isso. Quem eu vi se aproximar, na altivez sedutora que os sapatos de salto emprestavam àquela estatura tão frágil, era uma Jacqueline Bisset misteriosa, pronta a embarcar no Expresso do Oriente na estação central de Istambul.

Quase ri dessa idéia absurda, outra que me cruzava o pensamento sem que eu soubesse de onde nem por que ela vinha. Mas me contive a tempo diante de um par de olhos que pareciam estar levando bem a sério a aventura.

Muito atrasada?, ela falou.

E nem esperou minha negativa para acrescentar: *I am so sorry*, espichando aquele "*so*" de um jeito que traía sua despreocupação com o possível atraso.

Na hora certa, respondi.

Foi coincidência ser francês aquele filme. Escolhera sem nenhuma intenção, mas logo vi a oportunidade de mostrar a ela que existia cinema além de Hollywood. Tola presunção, pois de cinema ela sempre soube muito mais do que eu pretendia saber. Imaginei como seus lábios finos, que arremedavam com tanta graça a extravagância das palavras em inglês, iriam reagir à prosódia sutil de uma língua mais feminina. Ansiava por assistir de novo àquela performance da qual havia sido espectador, agora com esse novo motivo. Assim, mesmo tentando disfarçar a ansiedade, não conseguia desviar os olhos dela.

Ela se manteve um longo tempo distante da atmosfera do filme, o que só confirmou minha impressão de que estava mais habituada à grandiloqüência dos norte-americanos. De súbito, sem que eu tivesse percebido quando ou como se dera a metamorfose, ela me olha, e os olhos são os de Juliette Binoche. Projetado na penumbra da sala, o cenário é Paris, Pont Neuf, e me vejo eu mesmo na pele de um de seus célebres amantes.

Foi tão rápido. Quando voltei a mim, havia uma pequena e trêmula mão entre as minhas, meus lábios indo finalmente ao encontro daqueles com os quais tanto sonhara.

E eu era outra vez garoto, vivendo fantasias numa sala de cinema.

Tudo aconteceu como num filme a que assisti e do qual só lembro de cenas esparsas, desencontradas, que não conseguem formar um enredo completo nem muito menos convincente. Os filmes que víamos juntos ou tentávamos ver, as palavras de que ela gostava e copiava, ela me confessando encabulada que as repetia assim, só por gostar. Eu encantado, vendo graça em tudo que ela dizia, enquanto o que passava na tela ia se confundindo de tal modo com o que vivíamos aqui fora que acabou depois embaralhando minhas lembranças.

No escuro de uma sala de cinema, ela virava atriz e me fazia par ou espectador, dependendo de suas vontades. Eu me sujeitava docilmente a ser ora uma coisa, ora outra. Não foi difícil aprender. Sussurrávamos nossas paixões com frases que não nos pertenciam, trocando sons e confissões que recém tínhamos ouvido em outras bocas. Finda a sessão, seus lábios seguiam se movendo com palavras vazias ou já fora de si. E, sem que eu percebesse, minha boca também começava a repetir ventríloqua as palavras que ela tanto adorava.

Só porque ela adorava.

Play it again, eu repetia e repetia e repetia sem dizer, e então ela já me ouvia, corava levemente as maçãs do rosto e suspirava antes de recomeçar.

Tampouco lembro de como surgiu a primeira frase destoante naquele roteiro onde nada parece ter combinado com nada e que só mesmo a nós fazia algum sentido, e só naquele nosso tempo. Em meus lábios foram brotando palavras estranhas, algumas tristes, outras amargas, outras ainda tão frias que talvez nem fossem de cinema. Mesmo que elas pesassem, mesmo que machucassem por um instante ou que doessem por muitos instantes, ela se livrava de todas ao trocar de personagem. E então minha boca, que eu já não comandava, ia cuspindo palavras cada vez mais duras. Como quando falou: perdi, *perdu*. Perdidos os dois.

Dessa vez, elas não eram mesmo de filme nenhum.

Até que um dia, sem que eu compreendesse, minha boca murmurou:

C'est fini.

Ela me olhou num susto e estacou. Travou os lábios, retesou o corpo como pôde em sua dignidade franzina, entrou miúda e sozinha para uma última sessão.

Um filme que há muito já saiu de cartaz.

Bem-querer

Ele enfim desiste. Bebeu vinho no almoço, me levou até a cama, e a mim só restou assistir a mais um fracasso. Volto cansada à louça suja, que parece ter crescido na cozinha da quitinete. Ouço ainda um resmungo, quer dormir em paz. Tiro o volume do rádio e o avental. Sento à mesa tentando me distrair com os farelinhos de pão na toalha. Não adianta. Outra vez levo um susto ao imaginar que posso apagar a luz, vedar a porta, abrir o gás, cuidando para que nada nunca mais lhe perturbe o sono.

Eu te amo

Cinco minutos. Lembras? Foi esse o mesmo tempo que nos deram na Mesquita Azul. De onde vêm?, quis saber o porteiro turco. O Brasil é tão longe, admirou-se. Imaginei que estivesse comovido com a distância que tivéramos de vencer para chegar até aquela porta. Afinal, faltava muito ainda para o meio-dia, quando só os muçulmanos têm acesso ao interior da mesquita. Mas ele repetiu irredutível: cinco minutos. Descalçamo-nos e entramos. Lá dentro fervilhava de gente. Ninguém nos apressou e não houve como respeitar a avareza daquele tempo contado. Na saída ouvimos o porteiro fazer a mesma advertência a outro casal que se apresentava, perguntando antes de onde eles vinham. Fomos embora um pouco traídos. Cinco minutos, repetem agora. Deve ser esse um padrão universal, o mesmo que dizer "não se demore" ou "não temos todo o tempo do mundo". E se todo o tempo do mundo ainda não for o bastante? Quem hoje quer me enquadrar na miudeza de uma frase feita sabe o que é perder a noção da hora? Já visitou a Mesquita Azul controlando uns míseros cinco minutos? Decerto também nunca amou de verdade. E só por isso se arvora em me dizer que tenho apenas cinco minutos. Inútil prosseguir na mesquinhez desse cálculo, melhor é que eu me apresse. Mas não sinto pressa. Não, não é isso. Quero e não quero, me entendes? Tenho medo. Estremeço ao me ouvir pensar, uma nova fisgada onde lateja desde a hora em que... Não, não quero escutar meu pensamento. Quero te ver, me diz como te encontrarei agora. Ainda há pouco me recebeste com uma frieza que me chocou. Diante dela só me restou lembrar. E só eu lembrava. Como é possível que isso nos tenha acontecido? Se juntos jogamos tudo fora, como faço para ir sozinho buscar algum pertence de volta? Não quero nada de volta, nem o que só a mim pertencia. Era isso o que eu pensava perplexo antes de te dar as costas e me afastar.

Traído. E cinco minutos são tudo o que me resta agora. Me diz como nossa história pode caber em cinco ridículos minutos! Parece brincadeira. Quem sabe tudo seja mesmo uma grande piada. De mau gosto, mas ainda uma piada. Vou ficar furioso, vou te odiar achando que será para sempre, direi palavras tão duras que só quem ama é capaz de encontrar. E logo a fúria terá passado, tudo voltado ao normal. Um dia ainda vamos rir juntos deste momento que hoje não nos parece ter a menor graça. Tomo sozinho o elevador como tem sido nas últimas horas. Aperto o botão sem me dar conta de que o andar é outro. Para onde te levaram? Me chamam com urgência, me dão cinco minutos, e eu me pergunto por quê, afinal, tanta urgência. Ao te conhecer comecei a sonhar e pouco a pouco fui desaprendendo o ritmo sempre tão veloz das coisas palpáveis. Rompi com esse mundo veloz e palpável. Agora, durante a curta viagem entre dois andares, descubro de repente que não sei para onde ainda posso ir com este meu passo trôpego de quem não tem mais nada a trazer ou levar. O elevador pára, a porta se abre numa saleta mal iluminada. Ninguém me acompanha, ninguém à espera, ninguém. Algo na simetria de duas filas de cadeiras vazias me desconcerta. Talvez a sensação de que a vida aqui parou. Ah, a Mesquita Azul, aquele mar de gente, o sol explodindo nos vitrais. Sinto fraquejarem as pernas à idéia de cruzar o vaivém da porta no outro extremo da peça sem saber exatamente o que me espera além dela. Sei e não sei, entendes? Corro contra o relógio mas preciso parar um segundo que seja. Cinco minutos, me deram. Começam a partir do quê? Do momento em que eu cruzar aquela porta? Ou haverá outra porta? Ou ainda uma terceira, uma quarta? Posso apostar que serão muitas. E um labirinto de salas, saletas, corredores: chegar a ti não há de ser assim tão fácil. Mais difícil do que qualquer dos caminhos que já andamos juntos. Infinitamente mais difícil do que ir até Istambul e visitar a Mesquita Azul. Ou sair dela. Será que atino esse caminho? Me deixam entregue à minha própria sorte. E a cinco minutos contados que nem sei quando começam a contar. Há coisas que é melhor não saber. As pernas me pesam. Vai ser preciso um grande esforço para movê-las de novo. Imagino que tenham se desacostumado de andar sozinhas. Nas nossas travessuras, elas se confundiam tanto com as tuas. Hoje não é diferente. Me diz com que pernas devo seguir até aquela porta. Que grande confusão tomou conta de nossa vida desde o momento em que resolveste sair dela. Por quê? Até então a única desordem que eu avistava era a de nossas roupas embaralhadas no armário. Dividindo o mesmo cabide, meu paletó enlaçava um vestido, enquanto meu sapato pisava uma sandália de festa. O arranjo me lembrava sempre essa festa na qual nunca estivemos. Eu aspirava de longe o teu perfume e dançava contigo sem que sequer estivesses por perto. Nada, nada parecia andar errado. Fingias a felicidade, ou eu não sabia ver outra coisa. Mas na bagunça do teu coração meu sangue errava de veia e se perdia. Fiquei sem saber o quanto era meu daquele sangue todo que restou na calçada quando te acudi e não sentia teu coração bater. E ele ficou batendo, batendo, resistindo à tua vontade e a meu desespero. Me explica o que te fez fugir desse jeito? Deixar teus seios entregues às minhas mãos ainda gulosas enquanto escapavas por um caminho sem volta e sem gozo? Me diz: por quê? Não, não há de ser verdade. Acho que estás só fazendo de conta. Brincas comigo como só quem ama é capaz de fazer. Tudo voltará ao que era, basta eu ter coragem de cruzar aquela porta. Depois a outra e a outra e as outras todas. Vês? Não há ninguém aqui para me ajudar. Em muitos anos, será essa a primeira viagem que terei de enfrentar sozinho. Minhas pernas decidem enfim o que meu coração não tem mais ânimo de comandar. Elas me levam até a porta, me fazem cruzá-la. Depois dela, outra saleta, mais cadeiras vazias e, ao fundo, o balcão atrás do qual duas atendentes conversam. Antes que me vejam, consigo ouvir o comentário: poucos, hoje. Graças a Deus, é a resposta. Ambas se entreolham constrangidas ao me perceberem, ou talvez seja meu o constrangimento que sintam. Me aproximo devagar e digo baixo teu nome, tão baixo que não há como possam me ouvir. Uma delas me ouve. Ou finge que ouve: afinal, hoje são poucos, e ela sabe exatamente de quem estou à procura. A moça deixa o balcão, me acolhe com uns olhos solidários, pega meu braço com delicada firmeza – e então já acredito em tudo o que venha dela. Pede que eu a acompanhe, abre uma porta. Estamos num corredor que dá para infinitas portas, tal como eu tinha antevisto. A moça me leva até uma delas e pára um instante antes de abri-la. Sei o que me espera mas não quero saber. Não quero olhar. Tomaste conta de meus olhos. Cinco minutos, e levarás meus olhos para sempre. A moça vai me dizer alguma coisa. Tenho certeza do que será, uma certeza maior do que esta que me faz tremer ou do que qualquer outra que eu tenha trazido comigo até aqui. Mas ela desiste e não diz nada.

Sobre todas as coisas

Pedro amava a Deus sobre todas as coisas.

Criança, acompanhava a mãe à igreja com assiduidade. E assim aprendeu a amar. Havia se convencido de que, no esplendor que o Pai produzira das trevas ao lançar em movimento terra e céu, tudo obedecia à ordem perfeita estabelecida por Ele. E nela tudo fora criado – o macho, a fêmea, o bicho, a planta –, criado desde sempre para adorar o Criador.

Vivia portanto sem grandes inquietações.

Adulto, escolhera manter-se casto até que Deus decidisse mandar a mulher de sua vida e com ela fosse então viver um prolongamento desse amor absoluto.

Pedro trabalhava na prefeitura e tornara-se um alvo fácil dos colegas quando o assunto envolvia sexo:

a ala masculina farejara de longe sua pouca intimidade com o tema. Não era maldade o que os levava a fazer piada: a esperteza simplória não podia conceber um jovem aparentemente viril e saudável ainda virgem ou desinteressado por sexo aos vinte e três anos. E, sem imaginar suas razões, tentavam seduzi-lo.

Apesar da pressão, Pedro não conseguia malquerer ninguém. Mas amigos tampouco tinha feito ali dentro. De resto, nunca tivera um amigo de verdade.

Quando transferiram Gustavo para o setor, não passou despercebida a estranha semelhança física que os uniu instantaneamente: além da idade, tinham a mesma estatura, o mesmo jeito retraído, feições que por pouco não os tornavam sósias. Também torciam pelo mesmo time, e a amizade nasceu inevitável. Eram sempre os primeiros a chegar, almoçavam juntos um prato feito no bar da esquina, largavam na mesma hora e seguiam lado a lado até a parada de ônibus, quando então cada um tomava seu rumo. Conversavam pouco, que nenhum dos dois era muito de falar, mas o suficiente para que se entendessem.

Havia também diferenças. Gustavo não dava a mesma atenção que Pedro aos assuntos do espírito e preparava-se para casar no fim do ano. A noiva não fora sua única namorada nem a primeira mulher que havia conhecido, e a aliança na mão direita livrava-o das brincadeiras que atazanavam seu amigo.

Ao cabo de algumas semanas e um pouco sem jeito, Gustavo convidou Pedro para uma cerveja após o expediente.

No boteco, o mesmo onde almoçavam todo santo dia, passou-se mais de uma hora sem que a conversa evoluísse. Ainda assim, Pedro sentia-se feliz. E nem era preciso mais bebida – uma garrafa já extrapolava a quem não era dado a nenhum excesso –, nem mesmo um motivo especial para que estivessem os dois sentados em torno de uma mesa de bar naquele fim de tarde.

Quando Pedro espiou as horas, Gustavo apressou-se em pedir outra cerveja. Grudou os olhos no xadrezinho da toalha de plástico, e a história foi surgindo confusa, entremeada por longas pausas:

Todo mundo diz que a gente se parece um bocado... No começo achava que era exagero... Que bom a gente ter se cruzado logo agora... Sabe como é, essa coisa de amigo... A última vez foi no tempo do colégio... Daí em diante, só namorada... Namoro é outro papo, você sabe... Com o pai não consigo me abrir... Não sou de muita conversa, você já percebeu... A mãe só pensa no casamento... Fica horas no telefone com minha futura sogra combinando a festa... Como poderia dizer isso a ela?... Me diga... Aí você aparece... Sei que vai me entender...

Seguiu-se um hiato interminável.

O que é que eu faço?

Gustavo tirou os olhos da toalha e fixou-os timidamente nos de Pedro. Talvez tenha pensado que dissera tudo o que o outro precisava saber para entender a situação. Pedro, entretanto, continuava às cegas e não atinava perguntar.

Ficaram um tempo se olhando sem que nada dissessem. Gustavo então repetiu:

O que é que eu faço?

Faz o quê?, devolveu Pedro.

Após outra pausa, Gustavo suspirou fundo e soltou:

Não quero me casar.

Pedro levou um susto. Jamais poderia supor que Gustavo vivesse uma situação como aquela às vésperas do casamento.

Como é que é?

Isso que você ouviu, disse Gustavo, tornando a pôr os olhos na toalha.

Pedro valeu-se então de uma habilidade que não tinha para arrancar dele a parte da história que antecedia àquele momento e cujo resumo acabou por se revelar singelo: Gustavo já não estava certo de que amava a noiva.

Mesmo sem ter a menor experiência no assunto, Pedro conseguia ver que o caso até ali não ultrapassava o corriqueiro. Muitos deviam sofrer igual dilema. Foi com essa suposição que tentou tranqüilizar o amigo, mas não teve tempo.

Conheci alguém, atalhou Gustavo.

Agora Pedro custou um pouco mais a assimilar o que acabara de ouvir, enquanto o silêncio, pela primeira vez, pesou entre eles.

Quem é ela?, perguntou um tanto abrupto.

Você não conhece.

Pedro estranhou a resposta, tanto ou mais abrupta

que a pergunta. E porque mesmo da noiva ele conhecia apenas o nome.

Você já conversou com Cristina sobre... sobre isso?

Não. Ela nem desconfia.

Mais uma vez o silêncio baixava pesado.

Essa moça, ela sabe que você está noivo?

Sabe.

E o que ela diz?

Não diz.

Como assim?

Ela... não sabe.

Não entendo.

Acho que estou gostando de uma pessoa, e essa pessoa ainda não sabe disso.

Pedro não sabia o que pensar. Em seu universo organizado não havia lugar para tanta incerteza.

O que é que você vai fazer?

Pois é.

Calaram-se os dois.

Pedro sabia muito bem como era difícil a alguém tão reservado como Gustavo fazer aquela confidência e quanta expectativa havia de que o amigo pudesse compreendê-lo. A angústia era real e maior do que sugeria a forma atrapalhada com que ele tentava dividi-la. Mas Pedro continuava sem saber o que dizer. De repente, em meio às idéias inúteis que vagavam em sua cabeça lutando para encontrar alguma lógica, surgiu uma que lhe pareceu luminosa.

Acho que nada acontece por acaso, começou Pedro. Embora você não perceba, deve existir uma razão muito especial pra que você esteja enfrentando essa situação justamente agora. Nem sempre a gente consegue entender o que Deus quer.

Fez uma pausa para avaliar o efeito de suas palavras. Mais de uma vez tinha escutado que Deus fazia brotar as palavras certas na boca de quem falava invocando Seu nome. Aquilo estava acontecendo com ele agora e o deixava mais confiante para prosseguir:

Além de nós dois, ninguém mais sabe de nada. É isso? Você não contou a Cristina, nem abriu o jogo com a moça. Então o problema ainda está só com você. Pense bem no que vai fazer.

Gustavo seguia cabisbaixo.

Você só precisa de um tempo pra refletir e pôr as idéias no lugar.

...

Por que não reza e pede ajuda a Deus?

...

Você não acredita em Deus?

Se fosse assim tão fácil...

Ninguém disse que era fácil. Mas para Deus nada é impossível.

Você fala como um padre.

É assim mesmo que eu sinto.

Há coisas que Deus não entende.

Será mesmo? Por que não pergunta a Ele?

Perguntar a Ele? Você fala como se Deus fosse uma pessoa que responde quando a gente pergunta.

Responde, sim.

Você acredita mesmo nessas bobagens?

Até aquele momento, Pedro vinha desculpando a irreverência com que Gustavo se referia a Deus e a verdades nas quais sinceramente acreditava. Mas agora respondia à provocação com outro daqueles silêncios duros que pontuavam a conversa. Gustavo contemporizou:

Desculpe, vai. Você leva essas coisas muito a sério, não é?

Pedro riscava com um palito desenhos imaginários na toalha e teve um ligeiro pressentimento de que aquela conversa não iria terminar muito bem.

Você já gostou de alguém?, perguntou Gustavo de repente.

Por que você quer saber?

É que você nunca me falou sobre isso.

Ainda não tive tempo de lhe contar toda a minha vida...

Agora é você quem está fazendo pouco caso de mim.

Não é nada disso. A gente não veio até aqui pra falar de outro assunto?

Gustavo demorou a responder. Antes encheu os dois copos, esvaziou o dele num só gole, lentamente, e tornou a enchê-lo.

Você não vê?, disse por fim.

Pedro já se desesperava quando afinal teve um lampejo. Começava a entender. E o que entendia era uma abominação:

Pelo amor de Deus, Gustavo!

Gustavo estremeceu e encolheu-se ainda mais.

Você não pode estar falando sério!

Nunca falei mais sério.

Isso é pecado!

Eu lhe disse que havia coisas que Deus não entendia.

Essas coisas não são de Deus!

Pedro caminhava devagar tentando se refazer dos últimos minutos. Tal como havia pressentido, a conversa não terminara nada bem. Abandonara Gustavo no bar e fugira tão logo o assunto tinha enveredado por aquele caminho absurdo. O que ocorrera para Gustavo confundir amizade com algo tão abjeto que nem ousava imaginar? Passava agora por uma atribulação sem precedentes. Dentro dele fervilhavam sentimentos que se digladiavam de um modo quase insuportável. Na cabeça espocavam flashes do que havia sucedido desde o instante em que Gustavo entrara em sua vida: as primeiras palavras que trocaram, a semelhança, os comentários dos colegas, os almoços, a caminhada até o ponto de ônibus, a expectativa da segunda-feira tornando mais lento o fim de semana, o olhar tímido de Gustavo, o sorriso tranqüilo e bonito que ele tinha, o convite, a conversa, o vacilo, a tensão – e aqui Pedro cerrava os olhos com força tentando tirar da memória aquela cena. Se por um lado repudiara Gustavo, era por outro seu afeto que imaginava o amigo sozinho, humilhado, e o mandava voltar correndo àquele bar. Mas não havia jeito: o desvario do outro pusera tudo a perder. De agora em diante, não mais olharia Gustavo com olhos isentos. E sempre e sempre e sempre adivinharia nele uma intenção dúbia, uma indecência disfarçada, um querer que não lhe fazia bem. E pela primeira vez, Pedro contestava agora os desígnios do Senhor. O que Ele pretendia ao lhe impor aquela provação? Mandara o que ele não havia pedido e deixara que se tornasse importante o que nunca antes lhe fizera falta. E bastara acolhê-lo em seu coração, bastara seu coração encher-se de júbilo, bastara compreender finalmente que só mesmo Deus poderia ter posto aquele amigo em seu caminho e agradecer todos os dias por mais essa prova de Sua infinita generosidade, para que Ele o levasse embora. Por que Deus era assim tão cruel? Isso agora era maior do que sua compreensão. Muito maior do que quando pensava ser o universo um carrossel de estrelas percorrendo o firmamento e acreditava que elas tinham sido criadas tão-somente para circular em torno ao Criador, rebrilhando em Sua eterna glória. E quando a indignação cedia um pouco, deplorava sua atitude para com Gustavo. Não devia nunca tê-lo deixado entregue à própria sorte. Desprezara-o na hora em que o outro mais precisava. Pedro relembrou toda a conversa, agora de forma um pouco menos apaixonada, e pôde ver enfim que Gustavo tinha vindo até ele anunciando sua aflição e pedindo ajuda. Transpusera uma dificuldade inominável para abrir seu coração com tal franqueza, e Pedro o repelira como se ele fosse uma doença contagiosa. Não, não estava certo desprezar daquele jeito quem lhe queria bem – e que só se atrapalhara porque no fundo lhe queria bem; no fundo, no fundo, mais do que era possível um homem querer bem a outro. Pedro sentiu um desejo de voltar atrás e refazer a história de outro modo. Era isso talvez o que Deus queria. E Deus devia estar zangado porque ele abandonara o amigo invocando Seu nome, ainda que às avessas. Estacou de repente, deu meia-volta e saiu quase correndo em direção ao bar.

Por que o deus que inventara o desejo era assim tão cruel?

Pedro vinha aos poucos deixando de acreditar tão cegamente em todos os mistérios de Deus. E isso não acontecia de forma indolor.

Já não trabalhava na prefeitura. Tinha arranjado um emprego melhor e deixado para trás as brincadeiras que o infernizaram com tanta insistência. A mulher de sua vida não tinha aparecido exatamente como planejara, mas agora havia uma moça. Ele a encontrara num momento em que a inquietude já minava de forma irremediável sua convicção. Elisa, bem antes dele, se entusiasmara com a idéia de terem juntos uma história. Era enfim uma boa pessoa e iam se casar em breve.

Desde o dia em que dera as costas a Gustavo e fugira, Pedro vinha descobrindo não ser possível aquele mundo perfeito que havia construído no éter e onde tudo se harmonizava a partir da vontade divina. As coisas não eram assim tão fáceis – e isso Gustavo já havia descoberto.

Gustavo.

Já se iam três anos e Pedro não deixara sequer um dia de pensar em Gustavo. Incrível como a importância dele em sua vida crescia à medida que o tempo trabalhava para afastá-los.

Pedro não perdoava a si próprio.

Naquele final de tarde, tinha voltado ao bar e não mais o encontrara. Correra até a parada de ônibus, onde todos os dias se despediam, e ali também ele já não estava. Cogitara ir atrás dele em sua casa, mas não tinha mais do que uma vaga idéia de onde morava o amigo.

No dia seguinte, chegara ao trabalho mais cedo que de costume. Pretendia encontrá-lo antes do expediente. Gustavo não aparecera. Mais tarde receberam o aviso de que faltaria ao serviço naquele dia. No outro, esperara por ele mais uma vez. E fora assim no outro, e no outro. Depois, viera a notícia de que ele havia se demitido. A Pedro então recorreram para esclarecer o mistério. Mas dizer o quê? Como poderia contar a verdade? Mentir não era afinal tão difícil. Estava tão surpreso quanto os demais e iria à procura dele. Conseguira o endereço nos recursos humanos, mas ninguém atendera à campainha. Nem no outro dia, nem no outro, nem no outro. Perguntara no prédio, nenhum vizinho tinha qualquer informação. Acabara desistindo e nunca mais soubera de Gustavo.

E ele agora estava à sua frente.

Foi por acaso que se cruzaram na rua, e um certo mal-estar paralisou-os por um instante. Pedro reagiu primeiro:

Gustavo, sou eu, Pedro!, disse finalmente, sacudindo-o pelo braço, como se a imobilidade do outro indicasse uma improvável perda de memória.

Como vai, Pedro?, respondeu constrangido Gustavo.

Por onde você andava?

Saí da cidade por uns tempos.

Você nem imagina o quanto procurei por você.

É mesmo? E pra quê?

Ah, Gustavo, tínhamos muito a conversar.

Gustavo não respondeu.

Aliás, ainda temos muito a conversar, emendou Pedro.

Olha, não precisa me dizer nada...

Preciso, sim.

Não quero mais falar sobre aquele assunto.

Por favor, Gustavo. Só peço a você que me escute.

Pedro tanto insistiu que Gustavo acabou cedendo. Caminharam um pouco lado a lado e entraram no primeiro bar que apareceu. Eram os únicos clientes naquele fim de tarde. Pedro pediu cerveja a um garçom sonolento, e parecia que tinham voltado no tempo e ao lugar onde tudo acontecera. Gustavo continuava igual, três anos não lhe haviam feito a menor diferença.

Tantas vezes Pedro havia repassado em silêncio tudo o que tinha a dizer e agora, que a ocasião se apresentava, já não sabia por onde começar. Com meia dúzia de frases conseguiu fazer um resumo bastante completo da sua vida nos últimos três anos. Gustavo, arredio como nunca, não se esforçava o mínimo para deixá-lo um pouco mais à vontade.

Afinal, você casou?, perguntou Pedro de repente.

Não, respondeu Gustavo sem nenhuma disposição para encompridar o assunto.

Lembra aquele dia?

Já avisei que não quero mais falar nisso...

Espere, só preciso dizer uma coisa.

Pedro suspirou fundo e sabia que não era mais possível adiar aquele acerto de contas:

Eu estava sentindo o mesmo, falou quase num sussurro.

Agora era de Gustavo o susto:

Como é?

Naquele dia não tive coragem de confessar que estava sentindo exatamente o mesmo.

Você não sabe o que está dizendo.

Eu não podia aceitar aquilo, você entende?

E você acha que eu podia aceitar?

Pedro custou a responder:

Acho que não.

Agora já passou, disse Gustavo, fazendo menção de se levantar.

Espere.

Olha, Pedro, valeu você ter me contado. Mas preciso ir.

Só mais uma coisa: Como foi que você conseguiu?

Gustavo fixou por um instante os olhos de Pedro, e Pedro sentiu um leve estremecimento.

Não consegui, disse Gustavo desviando o olhar.

Antes que se levantasse, Pedro num impulso o deteve, segurando-o pela mão. E ficaram assim por alguns segundos, a desfrutar desse contato que combinava força física e sutilezas ainda impenetráveis para eles. Gustavo puxou a mão e se pôs de pé num salto.

E rápido ganhou a porta, e depois a rua.

Um conto desnaturado

A boca mal pintada de encarnado, a mãozinha desenhando como podia o contorno dos olhos, meu vestido que já não sobrava tanto naquele corpo de ainda menina. Faltavam o cigarro, o uísque sem gelo, a meia-luz. O resto era eu, e agora ela. Devia ser faceirice o risinho excitado quando me viu. Mas compreendi que ela havia crescido, assim tão depressa, e estabanada maldisse a hora em que deixei que ela viesse ao mundo, estalando a mão contra aquela carinha morta de susto.

O HOMEM DOS MEUS SONHOS

e um e dois e três e um e dois e três *e parece balé mas não é não o que me deu pra lembrar de balé logo agora e por que não é sim é sim só não a música nem bailarina nem sapatilha vestidinho rodadinho de rendinha cor-de-rosinha nem papai nem mamãe vovô vovó titia abanando o leque apertando as coxas bem apertado uma na outra titia acalorada safada maninho veadinho arrumadinho na platéia cantando a canção tão feliz que diz hi-Lili hi-Lili hi-lo e a cara deles se me vissem aqui nem tem platéia só homem cheirando a perfume barato uísque barato cigarro suor meu Deus como suam me olhando me querendo me comendo com os olhos please enrola o xale volteio solta o xale empina tetas chupa barriga prende o ar encaixa quadril cabelo pra trás assim e um e dois e* *um e dois e o ritmo é outro não é valsa nem pas de deux quem quer saber de ritmo ou pas de deux numa hora destas olhos grudados sedentos sebentos grudentos e um e dois e um e dois e deve ser assim enrola o xale desenrola e um e dois e chega desta droga hi-Lili hi-lo o que passou passou a luz mais clara lâmpada nova ou refletor que refletor que palco nem nada que olhos são esses de comer fotografia me chupando feito um zoom empina tetas ombros pra trás joga o cabelo enrola o xale flash foco de luz olhos grudados de close em close eu perco a pose digo cheese ele não escuta nem sei se pode ver minha boca sorrir feliz*

Minha história? Que história? Não tenho história nenhuma. Não que interesse a alguém a não ser a mim mesma. E quer saber de uma coisa? Nem a mim mesma ela interessa. Quero esquecer essa história. Quem ainda agüenta uma história triste hoje em dia, hein? Você quer saber? Pra quê? Então me dê um cigarro. Você quer mesmo uma história? Pois bem: olhe pra mim. Olhe bem. O que está vendo?

Eis aí a minha história. Preciso dizer mais alguma coisa? O quê? Cada história é uma história? Não me venha com essa. Pode até variar um pouco, mas, no fundo, no fundo, não muda muito, não. Quer ver? Se eu lhe contar que já fui moça bonita, de causar frisson e calar todo mundo quando cruzava aquela porta ali? Agora me diga: já viu alguma de nós alguma vez contar que tinha sido feia? Se fosse feia não servia, tinha de escolher outra profissão. Por isso todas sempre fomos lindas, e quem não fosse dava um jeito de fingir. Tudo é uma questão de pose. Acha que eu falo bem demais pra uma...? Não precisa ficar constrangido, eu entendi. É que eu tive formação, viu? Pode não parecer mas é. Nasci em bom berço, estudei em colégio de freira, aprendi piano, balé, pintura. E até bordado, com bastidor e tudo, mamãe tentou me ensinar. Tinha vida de princesa, ou de freira, dava no mesmo. Vim pra cá por minha própria vontade, não porque precisasse. Talvez, de um certo modo, precisasse, mas não era por falta de opção. Tinha até pretendente, moço de bem e engomado. Só não queria me casar com ele. Aliás, não queria me casar. Desde pequena sempre quis ser artista. Nem sabia direito o que significava ser artista, mas era com isso que eu sonhava. Palco, luzes, aplausos. Também queria ser dona do meu nariz. Vim parar aqui. Está vendo? Nada original. Pensa que não é comum uma moça de família decidir ter outra vida? Talvez muito comum não seja mesmo. Vou lhe dizer uma coisa: acho que muitas querem, só que poucas têm coragem de encarar.

enrola o xale volteio solta o xale empina tetas chupa barriga prende o ar encaixa quadril cabelo pra trás assim onde aqueles olhos de ontem sumiram depois procurei eram só dois olhos nem rosto pude ver direito se ele ainda estivesse por aqui eu saberia como num romance me aparece de novo já não é apenas mais um me gruda uns olhos nada grudentos nada sebentos nem nada um homem e tanto sutil fecho os olhos abro num relance continua ali se aproxima desconcentro desconcerto ai a pose empino as tetas respiro prendo o ar e um e dois e três e que balé que nada e olha a música que música que ritmo nem nada barba bem-feita anel de ouro colônia ele se inclina eu quase morro como no cinema sussurra oferece um drinque o.k. depois se afasta o perfume fica quase tropeço na ponta do xale coisa mais ridícula este xale preciso de outro figurino outro número outro personagem outro outra e um e dois e três e não dá mais desse jeito não

Quando comecei, isto aqui era um dancing. Coisa fina, marcou época. Havia mais dinheiro aí fora e homem rico disposto a gastar aqui dentro. Aprendi a dançar e no início eu só dançava. Usei alguma coisa do que tinha aprendido no balé e o resto criei eu mesma. Era o maior sucesso. Dezoito anos e vivia bem, consegui até fazer pé-de-meia. Depois trocou o dono e virou boate. Trocou de novo, agora já faz um bom tempo que é nightclub. Eu fui ficando. Só uma vez inventei de sair. E aí vem a parte triste. Não gosto de falar sobre isso. Por que tanto interesse? É só mais uma história triste, já falei. Não acredita? Então me paga uma bebida.

Uísque mesmo, scotch já não servem aqui. Isto nunca mais vai ser outra vez o que foi. Perdeu o charme, e charme é coisa que não volta. Tive mil chances de ir e não aproveitei. Agora vamos ver qual dos dois acaba primeiro, o nightclub ou eu. Não é amargura, não. Está bem: um pouco de amargura, sim. Você enxerga longe. Gostei de você. E é só por isso que estou lhe contando essas coisas. Lá se vão alguns anos e aqui já começava a decair. Eu tinha sempre um admirador apaixonado. Isso quando não eram dois, às vezes três ao mesmo tempo. Proposta de casamento, então, cansava de receber. Mas, se era pra casar, tinha ficado com o engomadinho do meu noivo. Até que gostava dele. Sério. Não era má pessoa e deve ter sofrido um bocado quando sumi. Custou a me encontrar e quando me achou não havia mais o que fazer. Ele já não me queria, veio até aqui só pra me olhar na cara e cuspir uns desaforos. Papai não me aceitava mesmo de volta, e desde então vivi em paz. Até um outro me aparecer.

cadê ele meu Deus não pode ter saído assim sem mais nem menos sem nem dizer tchau um drinque me ofereceu aqueles olhos ai ele está ali se levanta vem me buscar adoro homem gentil sutil ai o perfume dele eu me desmilingüindo toda uma grande gema dá vontade de rir uma gema bem graúda amarela se desmantelando fora do ovo quebrado me estende a mão dou a mão me beija a mão nossa nunca nenhum homem fez isso fico toda arrepiada o som do blues ele me leva me puxa a cadeira é tão bonito tão quer beber quer o quê vermute coquetel sei lá a cabeça não pensa digo uísque não o que ele vai pensar de mim digo não aliás vermute este perfume os modos gentis sutis o anel será ouro coisa falsa não há de ser a voz suave rosto macio cabelo penteado ele se achega ó Deus diz que sou um anjo azul olha só ele não existe nunca vi homem igual bebe scotch é um luxo só a mão macia o beijo macio camisa de seda o que será que ele faz aqui não é lugar pra se achar um homem desses não

O homem dos meus sonhos. Ele sempre me trazia uma caixa de chocolate, um perfume, uma bijuteria. Sabia como agradar. Me pagava um drinque, queria só companhia. Depois ia embora sem pedir mais nada. Era tudo muito estranho. Às vezes me mandava uma rosa junto com um poema escrito a mão. Não eram dele os versos, mas ele nunca esquecia de pôr o nome do poeta.

Eu te peço perdão por te amar de repente
Embora o meu amor seja uma velha canção nos teus ouvidos
Das horas que passei à sombra dos teus gestos
Bebendo em tua boca o perfume dos sorrisos.

Conhece? É tão lindo. Decorei e guardei esse e todos os outros. Foi fácil me apaixonar. Qual mulher não se apaixonaria numa situação dessas? Ele me fazia a corte como se eu fosse donzela virgem. E eu nunca o magoei com outro quando ele estava por perto. Uma vez ele ficou mais do que de costume e abusou um pouco da bebida. Pegou minha mão, me olhou fundo nos olhos e disse que meu corpo seria só dele aquela noite. Já me sentia namorada e o rosto ardeu. Cobri o decote com o xale e disparei dali.

enrola o xale volteio solta o xale empina tetas chupa barriga prende o ar encaixa quadris cabelo pra trás assim mas onde aqueles olhos onde ontem ele não veio nem anteontem nem faz uma semana o que é que eu fui fazer deixar escapar um homem tão gentil tão sutil o cheiro colônia enrola o xale volteio onde aqueles olhos me comendo me chupando aquele zoom aquela pose onde a pose pra que pose hoje não vem mais nem amanhã nem depois nem nunca mais empina tetas prende o ar e de novo todos esses olhos grudados sedentos sebentos grudentos esses homens fedendo suor velho uísque barato cigarro um nojo eles todos todos todos e um e dois e um e dois e que droga de dança sem graça sem nada

Já estava achando que ele não ia mais voltar depois daquele fiasco que eu tinha aprontado. Fugir de um homem daqueles era coisa de mulher muito idiota ou muito louca. Ou muito apaixonada, vá entender uma coisa dessas. Uma noite então ele me surpreendeu no camarim. Trazia rosas vermelhas, um buquê tão vistoso como nunca ninguém tinha me oferecido outro igual. Me beijou a mão, me estendeu as flores e um maço de papel atado com uma fita de cetim vermelha como as rosas: os poemas que dessa vez ele mesmo havia feito pra mim. Aproximou os lábios do meu ouvido e disse num sussurro que dali em diante só me amaria como esposa, não como star. Um pedido de casamento, o mais lindo que uma mulher poderia receber. Não desmaiei porque nunca fui de ter chilique, mas daquela vez foi por pouco. Parecia tudo um sonho. Ele me tomou pela mão e queria me levar assim mesmo como eu estava, seminua e enrolada num xale que mal me disfarçava a vergonha. Fiz então o que faria qualquer moça decente: beijei ele no rosto dizendo que daqui só saía pra igreja. Acha graça? Pois eu tinha de deixar bem claro que a coisa não era tão fácil como ele imaginava, não. E, por incrível que pareça, ele gostou de enfrentar minha resistência. Não me pergunte como aquilo tudo podia estar acontecendo, mas foi assim mesmo que aconteceu. Me paga outro uísque? Marcamos a data. Era pra ser algo muito simples, as testemunhas necessárias e nada mais, que outra coisa não seria de bom-tom em tal situação. Continuei dançando, ele vinha todas as noites. Não sei como suportava me ver aqui, no meio de todos aqueles homens. Na véspera, não dancei. Fui arrumar minhas coisas e só então percebi como era pouco o que havia acumulado naqueles anos todos e que podia agora levar comigo. Aliás, quase nada. Naquela noite fiquei imaginando como seria depois que o homem dos meus sonhos me beijasse no altar, enquanto minha música já começava a tocar aqui embaixo pra outra dançarina. Nunca mais o dancing, nunca mais um drinque, nem uma rosa, nem um poema. Nunca mais um romance igual àquele. Longe desta espelunca, tive medo de nunca mais ser feliz. Doida, as meninas disseram que eu era doida quando, na manhã do casamento, avisei que não ia mais casar.

Como podia uma coisa dessas? Nenhuma delas quis levar o recado. Soube depois que ele esperou por quase duas horas até se convencer. E que havia preparado uma última surpresa: a igreja estava toda enfeitada de rosas vermelhas. Nunca mais soube dele. Por um tempo cheguei a pensar que ainda voltaria. Depois desisti de sonhar.

Outra noite

Pois inesperadamente ele percebia com horror
que a sala e a mulher estavam calmas e sem pressa.
(Clarice Lispector, A *imitação da rosa*)

A casa já não era a mesma quando ele chegou naquela noite.

Era em tudo a mesma casa, só que agora parecia ter adquirido um outro prumo. Havia um cheiro novo, um detalhe indistinguível, ou apenas a sutil intuição tentando lhe avisar que algo tinha mudado.

A viagem fora de poucos dias e o retorno, tal como estava previsto. Assim, para seu horror, não havia surpresa: no lar impecável de sempre a esposa o esperava tranqüila.

Depois do beijo brando e da rápida troca de notícias, ele afrouxou a gravata e preparou uma bebida.

O uísque fez estalar o gelo no copo, serenando-se aos poucos na mistura com a água.

Ela foi ultimar o jantar.

O assado recendia um aroma caseiro e substancioso que invadia a sala numa perfeita sem-cerimônia. Esparramado na poltrona, ele estudava os móveis, o tapete, a cortina, o lustre, a folhagem, o quadro, buscando uma causa para seu estranhamento. Mas tudo continuava igual ao que sempre fora.

E no entanto.

No entanto, aquela intimidade não era a mesma que havia deixado uma semana atrás ao bater a porta, na avidez de uma pequena ruptura na rotina de seus dias sempre tão escandalosamente iguais. Dias iguais eram uma avareza de Deus: assim ele sempre fazia graça da própria incapacidade de reinventá-los de outro modo. Então surgira a viagem que, mesmo sendo breve e a serviço, era um acontecimento enfim inesperado.

Agora, de volta, ele parecia sonhar um sonho do qual não era dono.

Levantou-se e foi buscar outra dose. O bar se destacava no aparador feito sob medida, e ele tocou a solidez da madeira nua reconhecendo afinal a bela marcenaria que lhe custara os olhos, mas que se tornava de súbito uma referência: lembrava agora nos centavos a cifra gasta naquela extravagância que não tivera outro objetivo senão o de satisfazer um capricho da mulher.

E no entanto.

A noite passava indiferente pela estranheza de seus olhos.

Enquanto ela tirava o jantar, ele pensou em abrir um vinho. Mas que razão havia para isso? A experiência dos últimos dias não era algo digno de ser compartilhado e festejado em família. Tampouco a volta, naquela circunstância, era motivo justo para comemoração.

Jantaram sem pressa. Ela, descansada, perdoou o cansaço do marido, esquecendo de perguntar se ele tinha apreciado a comida. Ele, pesado e distante como um inverno, seguia imaginando coisas bem menos presentes que o tempero da salada.

Depois ajudou a tirar a mesa.

Aquele aconchego doméstico talvez fosse tudo com que um homem poderia sonhar após uma viagem de trabalho. Mas ele continuava em silêncio perplexo. Voltou à poltrona, acendeu um cigarro, e ela então não resistiu e perguntou se havia algo.

Não, nada, disse ele fingindo desprendimento. Cansaço.

Fingia também não ter percebido que o fumo era outro, e também a cinza. E que ambos, fumo e cinza, nunca estiveram tão divorciados daquele ambiente como agora.

Foram para o quarto mais cedo aquela noite. Enquanto ele tomava uma ducha, ela desfez a mala. Depois afastou a colcha, afofou os travesseiros, pôs a camisola de renda, e já lambuzava as mãos com creme quando ele saiu do banho. Deitaram-se constrangidos e assim permaneceram por um instante.

Eis que, feito mágica, ele saiu do encantamento para entrar logo em outro.

Após um vacilo de surpresa, ela se entregou à sofreguidão do marido – a mesma de antes, sossegada fazia séculos. Porque outro também era o sumo daquela fruta que ele agora mordia e atiçava e prendia. E não era uma sobra de verão em pleno outono ou uma chuva temporã, senão a sombra líquida de um sonho que punha outros olhos no rosto da mesma mulher.

Ela enfim, mas não exatamente.

Ou melhor: qual delas?

Quando ele quis falar seu nome, o nome em sua boca já era outro.

E dessa vez foi o bastante para que ela compreendesse o que havia tempo teimava em não enxergar. Passado o susto, recolheu-se calma e sumarenta em sua madureza ofendida.

Nenhum dos dois conseguiu dormir.

Na manhã seguinte, exaustos da falta de sono, continuavam sem querer tocar no assunto. A casa foi então recuperando o antigo prumo. De volta os cheiros conhecidos, a perenidade impecável de cada detalhe, a paz cansada.

Ele encontrou a mesa posta para o café-da-manhã e a mulher um pouco mais velha.

De resto, outro dia estranhamente igual.

As quinze histórias que compõem esta coletânea foram escritas entre setembro de 2005 e março de 2007, livremente inspiradas em canções de Chico Buarque, algumas delas em parceria com outros compositores. Não houve qualquer intenção de fidelidade.

Depois que ele chegou, *Um dia depois de outro dia*, *À francesa*, *Um conto desnaturado* e *O homem dos meus sonhos* referem-se respectivamente a *Maninha*, *As vitrines*, *Joana Francesa*, *Uma canção desnaturada* e *A história de Lily Braun*. As demais mantêm os títulos originais das canções.

Os versos reproduzidos no conto *O homem dos meus sonhos* são de Vinicius de Moraes, do poema *Ternura*.

Mar e lua, *Suburbano coração I* e *Mil perdões* foram originalmente publicados em *Contos de bolso* (Porto Alegre: Casa Verde, 2005).

Bem-querer e *Um conto desnaturado* foram originalmente publicados em *Contos de bolsa* (Porto Alegre: Casa Verde, 2006).

LPF

Este livro foi composto
na tipologia Electra, em corpo 12,
e impresso em papel off-white 90g/m²
no Sistema Cameron da Divisão Gráfica
da Distribuidora Record.